徳間文庫

穴屋でございます

六文銭の穴の穴

風野真知雄

徳間書店

目次

第一話　極めて由々《ゆゆ》しき傘の穴

一

　本所緑町《ほんじょみどりちょう》一丁目にある長兵衛《ちょうべえ》長屋は、このあたりでは通称〈夜鳴長屋〉で通っている。夜になると、ごそごそ動き出す住人が多いからだという。

　だが、これではまるで、泥棒が多く住む長屋みたいな言い方ではないか。

　むろん、そんなわけがない。

　この長屋の住人たちは、夜になると動き出すのではなく、夜になっても仕事が終わらない――すなわち、商売が繁盛しているのである。

　住人たちは、

お詫《わ》びの専門家である〈御免屋〉。

そっくりのお面をつくる〈お面屋〉。

あらゆるヘビを扱う〈ヘビ屋〉。

など、いっぷう変わった商《あきな》いをしていて、いずれも注文がひっきりなしである。

こうした珍商売のなかでも、ひときわ異彩を放つのは、やはり佐平次《さへいじ》という若い男がやっている〈穴屋〉ではないか。

「穴ならどんな穴でも開けます」

と謳《うた》った商売だが、最初にこの話を聞いた者は皆、

「そんな商売が成り立つわけがない」

と思うらしい。

ところが、世のなかにはさまざまな穴を開けたいという人たちがちゃんと存在していて、客足が絶えないというのだから、不思議なものではないか。

しかも――。

ふた月ほど前には、絵師の葛飾北斎《かつしかほくさい》がここに入居してきた。そのため、絵の依頼に来る版元など、長屋を訪れる客はますます増えてしまった。

北斎は最初、道端で倒れて、夜鳴長屋に運び込まれた。軽い中風《ちゅうぶ》で、しばらく寝込んだが、腕や足にしびれが残った。

そこで、お巳《み》よの部屋を貸してやることにしたが、十日ほど前にはこの長屋の一室が空《あ》いたため、娘のお栄《えい》もこっちに来て、正式の住まいとしたのだった。

別に、お巳よの部屋に居ついても、お巳よはすでに佐平次の部屋で暮らしていたので不都合はなかったが、お巳よの部屋にあるいくつもの甕《かめ》や、庭の土のなかには、冬眠中のヘビがいっぱいいる。そのヘビたちが、啓蟄《けいちつ》を過ぎて、ぞろぞろと這《は》い出し始めている。北斎自身はむやみにヘビなどを恐れる男ではないが、娘のお栄のほうが、

「冬眠中は平気だったけど、夜中ににょろにょろ動いている音を聞くと、やっぱり薄気味悪くて」

と言うのだった。

それもあって、北斎は別に部屋を借り、旧知の穴屋佐平次と同じ長屋の住人と相なったのである。

その客は、身なりのいい五十前後の武士であった。

夕方近くなってから、きょろきょろしながら長屋の木戸をくぐって来て、軒先にぶら下がった穴屋の看板に目を留めた。

「ここか」

武士は一言つぶやき、腰高障子《こしだかしょうじ》を開けた。

「穴屋というのはここかな?」

「へい。なんでしょうか」

「じつはな、傘《かさ》に穴を開けてもらいたいのだ」

武士は重々しい口調で言った。

「はあ」

たかが傘の穴なのに、ずいぶんな口調である。もっとも、わざわざここに来るのだから、単なる傘の穴であるわけはない。

「どうぞ、おかけになって」

佐平次は、上がり口のところに座布団を置いた。

板の間は仕事の道具が散らばっているし、奥の四畳半には女房のお巳よが座っている。

「うむ。かけさせてもらおう」

武士は腰を下ろし、

「身分を告げるのは控《ひか》えさせてもらう。名は高橋荘右衛門《たかはしそうえもん》と申す」

「穴屋の佐平次でございます」

佐平次は正座に座り直し、頭を下げた。

「こういう場面をつくって欲しいのだ。男が雨の日に傘を差して歩いているわな。ところが、しばらく歩いているうちに、上から雨漏《あまも》りがしてくるのだ」

「傘のなかに雨漏りをさせるわけですね」

「さよう。できるか？」

「傘はこちらで選べますか？」

「それは無理だな。当人が気に入っている傘があってな、それを使うはずだ」

「同じ傘を買えば？」

「いや、面倒な注文のもとにつくらせた傘だ。同じものはつくれぬだろう」

「ははあ。では、その傘をあらかじめあっしにお渡しいただけないわけですね？」

それができないなら、その場でのすばやい仕事になる。紙の材質などを見てみないと、なんとも言えない。

「いや、それはできる」

「であれば、お安い御用です」

佐平次は、自信を持ってうなずいた。

以前、使うと漏れる茶碗の穴を開けたことがある。もちろん、見た目には穴が開いているようには見えない。この手の仕事は、むしろ得意技と言ってもいい。

「それだけではない。男は、雨漏りに怒り出すわな」

「はい」

「怒っても、穴など開いていないのだ」

「開いていても、開いているように見えないわけですね」

「そういうことだ」

「ただ、そのときは見えなくても、傘が乾いたあとで、じっくり見られたら、やはりわかってしまいますぜ」

じっくりは見ないかもしれない。だが、見るかもしれないのだ。

「なるほど。それはそうであろうな」

「どうします？」

「そのときは、覚悟がある。やってくれ」

傘の穴になにを覚悟したのだろう。

「お値段の話をしてませんが」

と、佐平次は言った。障子に指で穴を開けるのとは、わけが違う。熟練の技と知恵が必要なのだ。

「一穴十両と聞いたが？」

「それでよろしければ。ただ、あっしも、使う道具や穴を開ける方法などを考えてみてからになります。正式にお返事するのは明日の朝にさせていただきたいのですが」

「わかった。では、明日、また、来てみよう」

高橋荘右衛門は、そう言って長屋を出て行った。

佐平次は、すぐに高橋の後をつけた。

これはかならずやらなければならないのだ。悪事の片棒を担がされないためにも、いまの話の信憑性《しんぴょうせい》や、依頼人の身元をしっかり確かめておかないといけない。

なにせ、職種が職種である。誰もが思うのは、のぞき穴と盗みの潜入口だろう。のぞきはともかく、盗みにはぜったい加担しない。それを守らなければ、大好きな穴屋の仕事はつづけていけなくなるのだ。

高橋荘右衛門は、竪川《たてかわ》沿いに進んで両国橋へ。これを渡ってから浅草橋御門をくぐった。蔵前通りに出たと思ったら、四町ばかり進んだあたりで大名屋敷の門のなかへ消えた。

「信州上田《うえだ》藩か」

とすると、高橋荘右衛門は、ここの家老か用人といったところだろう。

覚悟があるという妙な言い方をした。

傘に雨漏りがすれば、差している男の頭もびしょ濡《ぬ》れになる。その相手というのは、藩主なのか……？

二

家に戻ると、お巳よはヘビの抜け殻《がら》を畳《たた》んで、小さな紙袋に入れるという手作業をしているところだった。

紙袋には、「金運上昇　お巳よのヘビ」と書いてある。

財布のなかにヘビの皮を入れておくと、金運が上がるという言い伝えがある。

じつはこれ、お巳よがつくった言い伝えである。

それで、ヘビの抜け殻をこうして売っているのだが、これは順番待ちになっているほどよく売れるのだ。

お巳よは、戻って来た佐平次を見て、

「お前さん。また、雨漏りの仕事だね」

と、言った。

「ああ、そうだな」

三日前、やはり雨漏りの頼みがあった。

「雨の季節だからかね」

「そうかもしれねえな」

「なんで、桜が咲くころって、雨が多いんだろうね」

お巳よはそう言って、外の空を見て、恨《うら》めしげな顔をした。

いまは二月の末（旧暦）。あと、十日もしたら、桜の花が咲き始めるだろう。竪川の河岸《かし》には、桜がずらっと植わっている。柳と楓《かえで》もあるが、花の季節は桜ばかりが目立ってしまう。

家の真ん前に桜の名所がある幸せ。

どうか、雨の日はわずかであってもらいたい。

三日前にも、佐平次の家に雨漏りの依頼があった。

もう少し詳《くわ》しく言えば、

「とある屋敷のあちこちに、雨漏りの穴を開けてもらいたい」

という依頼だった。

「雨漏りの穴を？」

「さよう。訳は訊《き》かなくていい」

それはこっちも訊きたくない。なにやら危ない臭《にお》いがぷんぷんする。

「屋敷の主は承知なので？」

「いや、断わりなくやる」

「忍び込むわけですね？」

「そういうことだ」

相当にろくでもない話である。

「あちこちとおっしゃいますと？」

「そうだな、母屋《おもや》はもちろん蔵など至るところに百箇所ほどになるか」

「百箇所！　かなり広いお屋敷ですね」

「五千坪ほどかな」

それだけあるなら、旗本でも相当な大身《たいしん》、おそらく大名屋敷だろう。

「百箇所の穴を何日くらいで？」

「三、四日で仕上げてもらいたい」

とすると、一人では無理である。弟子の孝助《こうすけ》にも手伝わせることになるだろう。

「屋敷には、人が大勢いるのでしょう？」

「まあ、そうだな。あるじは江戸にいるし」

江戸にいる？　ということは、参勤交代で国許《くにもと》に戻っていない大名の屋敷なのだ。

しかも、中屋敷や下屋敷ではない。

「ううむ。万が一、見つかることがあれば、そりゃあ命もないですよね」

間違いなく大勢の藩士に追いかけられ、下から槍で突っつかれる。佐平次は逃げられるにしても、孝助は無理だろう。

「なあに、手引きはわれらがするし、仕事の際もそばにいる。危険はないし、なにかあれば無事に逃がしてやる」

「逃がしてやると言われても、信じられませんよ」

「屋敷のすぐ裏は大川になっている。そこに逃亡用の舟をつけておく。しかも裏庭に大きなイチョウの木があり、これを伝って、塀の外に出ることができるのだ」

「一日、考えさせてください。準備が整うかどうかもありますし」

「よかろう」

そう言って、武士は帰った。

もちろん、この武士の後もつけた。

武士は、ときおり後ろを振り向いたりした。尾行も警戒しているのだ。つまり、ろくでもない仕事に慣れている。

武士は、駿河台《するがだい》にある屋敷に入った。

——おい、こりゃあまずいよ。

しばしばお庭番と手柄《てがら》争いをした。ここは、全国の大名たちの素行を監視する大目付・早坂主水之介《はやさかもんどのすけ》の屋敷だった。

翌日——すなわち、一昨日である。

佐平次はもう一度やって来た武士に、

「代金が折り合えば、引き受けさせていただきます」

と、返事をした。

「む。一仕事十両と聞いているが？」

武士は言った。

「一仕事十両？　それは誤解です」

「いくらだ？」

「一穴十両なんでさあ」

佐平次は申し訳なさそうに言った。

金のことで断わるのが、いちばん後腐《あとくさ》れがない。

「一穴十両だと。百箇所開ければ千両ではないか」

武士は、呆《あき》れたような顔で言った。

「そうなりますね」

「百両」

「百両じゃ請《う》け負えません」

もともと断わるつもりである。

「それ以上は駄目《だめ》だ」

お庭番は将軍直属ゆえ、資金も潤沢である。大目付は、役料三千石のうちで働かなければならない。五百両だの千両となると、使えるわけがない。

「では、お断わりします」

「仕方あるまい。この話……」

と、武士は佐平次を睨《にら》みつけた。

佐平次は慌てて手を振り、

「もちろん、決して他言はいたしませんよ」

と、言ったものである。

三

翌朝――。

高橋荘右衛門が来たので、引き受けさせてもらうと伝えると、夕方にはふたたび当の傘を届けに来た。

「この傘に細工してもらいたいのだ」

佐平次は開いてみて、

「大きな傘ですねえ」

と、驚いた。

「相合《あいあい》傘専用だからな」

「なるほど」

ふつうの番傘より、二回りほど大きい。これなら、二人で入ってもまるで濡れずに済むだろう。

「しかも、造りの立派なこと」

持ち手のところは象牙《ぞうげ》が使われている。握り用の凹凸までつくられているので、持ちやすい。

鮮やかな蛇《じゃ》の目《め》模様である。

しかも、二重の円ではなく、三重になっている。傘が大きいから、三重のほうがしっくり来る。色は、中心が赤、真ん中が紫、外側が青になっている。これを広げたら、さぞや目立つことだろう。雨のなかに花が咲いたようになるに違いない。

「贅沢《ぜいたく》過ぎるよな」

高橋荘右衛門は、ムッとしたように言った。

「贅沢？」

「傘などは、雨を防げればよいではないか」

「そりゃあそうです」

「それで、雨漏りだがな。こう持つだろう。ちょうど、頭のあたりに雨滴が垂れるようにしてもらいたい」

「このあたりですね」

「いざ、垂れ始めたら、びしょびしょになるくらいで構わぬ」

「わかりました」

と、佐平次は傘を受け取り、

「これは、大きなお世話かもしれませんが、開けた穴をふさぐこともやれますぜ」

「え？」

高橋は怪訝《けげん》な顔をした。


弟子の孝助が、外から戻って来た。

「いまから、やってもらうことがある」

と言うと、顔をほころばせた。

いつもは、とにかく町を歩き、穴という穴を見つけ、それをじっくり観察して来るように言ってある。そうやって見て来た穴について、毎日、報告させているのだ。

これは大事な基本なのだが、弟子になったからには、じっさいに穴を開ける作業のほうをやってみたいのだろう。

「傘に穴を開けるという仕事だ」

「傘にですか。雨漏りしちゃいますよ」

「するよな。だが、見ても穴が開いているようには見えないんだ。しかも、差してしばらくしてから、今度はかなりひどい雨漏りになるようにしなくちゃいけない」

「へえ。難しいですね」

「見えなくするためには、できるだけ細い針を使い、しかも、穴を斜《なな》めに開けるようにする」

「なるほど」

「針はこれだ」

佐平次が針を見せると、

「うわぁ。こんな細い針、見たことがありません」

孝助は目を瞠《みは》った。

「もちろん、こんな針は売っていない。だから、自分で研《と》いでつくらないといけない」

「自分でつくるんですね」

「そう。穴を開ける道具の多くは、おいらがつくったものだ。腕だけじゃ穴は開かない。まずは、いい道具をつくることだ」

「じゃあ、針づくりから？」

「今日はいい。針は貸してやるが、刺してしばらくすると、今度は大量に漏れるという仕掛けをつくらないといけない。孝助だったらどうする？」

孝助はしばらく考えて、

「おいらなら、細い穴にゆっくり集まって来るような筋道を何本かつくります。筋道は、小川が集まって、大きな川になるようにすればいいと思います」

「よくできた」

と、佐平次は言った。やはり、この子は賢《かしこ》い。才能に恵まれている。

「お師匠さまもそうするんですか？」

「ああ、そうするつもりだった。おいらは依頼の品に開けるが、孝助はうちの傘に開けてみてくれ。いま、自分が言ったような穴を開けるんだぞ」

「わかりました」

佐平次は、たちまち開けてしまったが、孝助は四半刻《しはんとき》（三十分）ほどして、

「できました」

と、針を置いた。

「どれどれ」

佐平次が見ると、なかなかよくできている。

「じゃあ、水をかけて確かめようか」

傘を二つ並べ、如雨露《じょうろ》で水をかけた。ゆっくり五十を数えたころから、佐平次が開けた穴からは水がぽたぽたと垂れ始めた。しかも、かなりの量である。

孝助のほうは、出が悪い。

「あれ、駄目だなあ」

「穴から水が出やすくするには、もう一工夫あるといいんだ。おいらの開けた穴をよく見てみな」

孝助は目を近づけ、それから驚嘆して言った。

「あ、お師匠さまの開けた穴には、ほんの少し、尖《とが》ったものが出ています。これは、髪の毛ですね。なるほど、これで水が丸くならず、落ちやすくなっているんですね」

佐平次の仕事は、かくも細かい。

孝助を帰してから、佐平次は北斎の家に顔を出した。晩飯がまだなら誘って飯屋にでも行こうと思ったのだ。お巳よは、王子《おうじ》のほうにあるヘビの牧場に行って、まだ戻っていない。おそらく途中で済ませて来るのだろう。

ところが、北斎は出前を取ったらしく、天ぷらそばをうまそうにすすっているところだった。

「飯に誘おうと思ったんだが、もう食っちまってたかい。好きだね、北斎さんはそばが」

毎日どころか、ほとんど三食、そばを食っているのではないか。

「ああ、そばは身体《からだ》にいいからな」

「そうなのかい？」

「おれはいま、古今の病《やまい》や薬に関する文献を読み漁《あさ》っている」

「そうみたいだね」

ちらりと、北斎のわきの書物を見た。恐ろしく分厚《ぶあつ》い書物である。

「どうも、米は身体によくないな」

「米は身体によくないって、そんなこと言ったら、病気じゃない人間はいなくなるぜ」

「だが、そうなのだ。とくに、糠《ぬか》のところを落とした米がな」

「だったら、玄米を食えっていうのかい？　あれは、固いしねえ。しかも、白米のうまさを知ったら、玄米なんか食う気になれねえよ」

「白米がうまいのは認める。玄米がまずいのも同感だ。だから、そばがいいんだ」

「あっしもそばは大好きだよ。だが、そんなにいいもんかね」

「そばを食っていれば、江戸わずらいにはならない。しかも、血のめぐりもよくなる」

「そうなの」

「だから、おれは米の飯を食っているときより、ずいぶん身体の調子がいいのだ。これは、そばと柚子《ゆず》のおかげだ」

「そばと柚子ねえ」

言われてみれば、倒れる前より、いまのほうが顔色もいい。

北斎はうまそうにすすりながら、

「このそばは信州のそばだ」

と、言った。

「産地までわかるのかい？」

「わかるさ。信州でも、真ん中あたりのそばだな。上田界隈《かいわい》だろう」

「へえ」

「ここんとこ、ここのそばがずいぶん出回っている。うめえから、文句はないんだがな」

「ここんとこ？」

「ああ。豊作だったのかね。もっとも、そばが豊作だと、米は不作だとは聞くがな」

「そういえば、信州は去年、日照りでたいそう飢饉《ききん》がひどかったと言ってたよな」

佐平次はそう言ったあと、傘の穴の依頼は、信州上田藩邸の武士から来たことを思い出した。

四

それから数日後――。
前の日から雲行きは怪《あや》しかったが、雨が降った。

江戸の北方にある吉原《よしわら》でも、大粒の雨が降りしきっていた。

だが、この吉原の雨を喜んでいる男がいた。

信州上田藩の藩主・松平忠学《まつだいらただざと》である。二十代半ばで藩主の座に就《つ》き、当然、たいして苦労などしていない。この手の藩主には、たいがい奸臣《かんしん》と言うべきろくでもない家来が接近し、無策に愚策を重ねるような政治をおこなうのが相場である。

忠学も、ご多分に洩《も》れない。

忠学は女に夢中だった。

相手は、吉原の花魁《おいらん》で、雨美人太夫《うびじんだゆう》。

このころ、吉原では〈太夫〉という位は消滅しているので、雨美人太夫は、いわば綽名《あだな》のようなものと言っていいだろう。

雨美人とは、虞《ぐ》美人にひっかけた。虞美人とは、漢の高祖・劉邦《りゅうほう》と覇権を争った英雄・項羽《こうう》の寵愛《ちょうあい》した女である。

こちらの美人は、雨が大好きで、雨の日になると、気分が高揚《こうよう》し、通りに出ては裾《すそ》をからげて踊ったりした。

やや、危なっかしい女性である。

こういう花魁は、一夜の遊びにはいいかもしれないが、たいがいの男は惚《ほ》れることはない。だが、松平忠学は惚れた。

大名の物好きである。

朝起きて、雨降りだったので、松平忠学は吉原へとやって来た。そして引手《ひきて》茶屋に雨美人太夫を呼び出すと、自慢の傘を広げ、外へと誘った。

「まあ、素敵な傘でありんすなあ」

雨美人も喜んで外に出た。

綽名はやはり的を射ていたらしい。雨のなかで、この女の美貌《びぼう》は際立《きわだ》った。しっとりとした肌はうっすら輝くようであり、湿気は表情に思わせぶりな憂《うれ》いをもたらした。

「そなたを雨のなかで見つめたくてな」

松平忠学は、有頂天《うちょうてん》になって言った。

「まあ、嬉《うれ》しいことを」

「わしも雨が好きでな」

「そうでありんしたか」

「雨の日を待って、そなたに願い出ようと思っていた」

「なにをでありんす？」

「そなたを身請《みう》けさせてくれぬか」

「あちきをですか」

「二千両、支度《したく》した」

「二千両！」

じつは、吉原には二十両で売られてきた。百倍の出世である。

「高嶺《たかね》の花とは思っているが」

「とんでもない。あちきがお大名の側室に」

いまにも踊り出しそうな喜びようである。

そのとき、傘のなかで雨が降り出した。雨漏りである。

「ん？」

「あら、雨が漏ってますね」

雨は松平忠学の頭の上に、ぴちゃぴちゃと滴《したた》りつづけた。

「ううっ」

忠学は焦《あせ》った。

額が濡れ、化粧が落ち、妙なかたちの痣《あざ》が露《あら》わになってきた。

それは、なんとも珍妙な、いや誰が見ても、男の下腹部に存在する突起物のかたちではないか。

「ほっほっほ」

雨美人太夫は、額を指差して笑った。このあたり、よく言えば屈託がなく、ふつうに言えば相手の気持ちがわからない。男のくせに、白粉《おしろい》を厚塗りしてまで隠していたのである。いかに気にしていたか、それだけでもわかりそうなものだろう。

「なにがおかしい」

忠学は頬をひくひくさせながら訊いた。

「だって、だって、そのかたち……」

「言うでない。この馬鹿者！」

つい、手が出た。しかも、こぶしが雨美人太夫の鼻の真ん中に入った。

雨美人太夫は、水たまりのなかに仰向《あおむ》けにひっくり返った。同時に、鼻から鼻血が噴き出してきた。

「あんたなんか大っ嫌い！」

顔を真っ赤にして、雨美人太夫は叫んだ。

「こっちこそ、お断わりだ」

これで身請け話も水の泡となった。

激高《げっこう》していた松平忠学は、すぐそばを見知らぬ男がすうっと通り過ぎたことにも気づかなかった。

五

「穴屋。わざわざ吉原にまで来てもらってすまなかったな」

茶屋の二階で、高橋荘右衛門が、佐平次に礼を言った。

佐平次は、傘の仕掛けの成否を確かめるため、吉原に来ていたのだ。じつに久しぶりで、大門《おおもん》をくぐるとき、気後《きおく》れしたほどだった。

もちろん孝助は連れて来ていない。仕事先にはできるだけ同行させたいが、十二の少年に吉原は早過ぎる。

「いいえ。うまくいくのか、あっしも気になりましたので」

「うまくいったな」

「そうですね」

雨足が予想したより激しかったこともあって、じつに見事な雨漏りになった。

「あれは当藩の藩主でな」

「いままでのお話から、そうではないかと思っていました」

「みっともないところを見せてしまった」

「なあに、お殿さまなどは、たいがいあのような方が多いのでは」

「そうとは限らぬがな」

「お諫《いさ》めなさったわけですね」

「そういうことだな」

高橋は、満足げにうなずいた。

「ただ、ちと気になることもありまして」

と、佐平次は言った。

「なんだ」

「ここからは、あっしの適当な勘から来た推測だと思っていただきたいのですが」

「遠慮なく申せ」

「じつは、高橋さまが依頼に見えた三日ほど前、奇妙な依頼がございました」

「奇妙な依頼？」

「とあるお屋敷に忍び込み、百箇所ほど雨漏りする穴を開けてもらいたいと」

「ほう」

「どこのお屋敷かは言いませんでした。ただ、いくつかの話で、どうもどこかの藩の上屋敷らしいことがわかりました。しかも、そのお屋敷の裏手は、大川だとおっしゃったのです」

「なんと」

「あっしは、江戸っ子ですし、大川端なんぞはよく知っております。裏手に大川がある藩邸というのは、ほとんどありません」

「………」

「妙な依頼で、あっしは断わらせてもらいました」

「さようか」

「ただ、変な話だと気になりました。いったい、なぜ、雨漏りの穴など百箇所も開けなければならないのか。しばらく考えているうち、ふと、思い当たることがありました。例えば、その藩邸内に湿気に弱いそば粉などが大量に保管されてあったとします」

「………………」

「もし、雨漏りがし始めたら、藩邸の方たちは慌てて雨漏りのないところにそれらを集めようとするのではないか。そして、それをひそかに見極めようとしたのではないか」

「なんと」

「もう一つ、江戸で評判になっている話がありました」

「なんじゃな？」

「去年、信州はひどい日照りつづきで、米が不作だったと。そのため、飢饉で餓死する百姓もいたらしいと」

「………………」

高橋はしばらく佐平次を見ていたが、

「親切心か？」

と、訊いた。

「え？」

「幕府のその筋の者が、当家を見張っていると、教えてくれたわけか」

怒りは感じられない。むしろ、感激している気配である。

「いや、あっしは、その雨漏りをさせろと言われたお屋敷がどこなのかは、はっきり聞いたわけではないですし、高橋さまのお家も……」

「傘には、当家の家紋の五三の桐が刻《きざ》まれてあったしな」

「いや、五三の桐を使われている家はたくさんありますし」

「諱《いみな》も彫《ほ》ってあっただろう。それだけで、どこの家かはわかるさ」

「…………」

「当家の話だ。そなたの推測は間違いない」

「はあ」

「当家は、昨年、過酷な日照りにもかかわらず、年貢米《ねんぐまい》の徴収をおこなった」

「はあ」

「米は駄目でも、そばは豊作だった。江戸でずいぶんさばいて、江戸屋敷はむしろ豊かになったくらいだ。それでも、百姓を助けなかった」

「……………」

「そなたに頼んだのが、大目付の筋か、あるいは将軍直属のお庭番なのか、それはわからぬ。だが、雨漏りによって藩邸内に大量のそば粉を保存していることを突き止めようとしたことは、間違いあるまい」

「なんと」

「もし、それがおこなわれていたら、いまごろ当藩は改易《かいえき》の憂《う》き目に遭《あ》っていたやも」

「……………」

「恥ずかしい話だ」

高橋荘右衛門はそう言って、うなだれてしまった。

六

雨のなか、吉原から本所緑町の長屋にもどるとすぐ、

「おい、穴屋」

武士が入口に立っていた。

「あ」

なんと、このあいだの大目付の者がまたやって来た。

「お断わりしたはずですが」

「いや、あのことはもうよい。こっちで手当することにした」

「そうですか」

上田藩に行くのだろうか。なんとかうまくごまかしてもらいたい。

佐平次は、身を挺《てい》しても藩主を諫めようとした高橋が気に入ったのだ。ああいう武士がもっとたくさんいれば、この世はもう少し住みやすくなるはずだった。

「このあいだの仕事の断わりようは見事だった」

「は?」

「危ない仕事と踏んだのであろう」

「いや、そういうことではなく」

「なかなかの知恵者と見た」

「滅相《めっそう》もない」

「気に入ったぞ」

とんでもないのに気に入られた。

露骨に困った顔はできないので、

「でへへ」

できるだけ馬鹿に見えるように笑った。

「それより、ほかに頼みたいことがある」

佐平次は嫌な予感がした。

大目付などとは関《かか》わりたくない。

だが、この連中は、お庭番も同じだが、しつこいのである。いったん使えるとなれば、とことん使い切ろうとするのである。

「いや、あっしがやれるとは限りませんぜ」

「誤解するな」

「は？」

「そなたではない。夫婦《めおと》だそうではないか」

「まさか?」

「わしはヘビ屋に頼みがあって来た。いるのか?」

「え? ちょっとお待ちを」

なかにお巳よがいたら、目配せして追い払うつもりである。大目付の仕事なんぞに関わったら、ろくなことにならないのだ。

だが、佐平次が開けるよりも早く、腰高障子が開いた。

「なに、ごちゃごちゃ言っているんだい。あら、お客さま？」

お巳よが顔を出してしまった。

「へビ屋だな？」

「はい」

「頼みがある。じつは、へビを百匹ほど用意してもらいたい」

お巳よは佐平次のように、依頼を受けるのに尾行したりしない。

これも二つ返事で受けた。

「へビ百匹。ええ、お安いご用ですよ」

七

翌日――。

高橋荘右衛門がやって来た。よく晴れ上がった天気のせいか、昨日よりずいぶん元気そうに見えた。

「これは、手付《てつけ》の残りの五両と、ふさぎ代を五両足させていただく」

高橋は、以前もらっていた五両に加え、さらに十両、佐平次の前に差し出した。

「ふさぎ代？」

「あのあと、殿は藩邸にもどり、あの傘をつくづく見やっていた。だが、なにもおかしなところはなかったらしく、あの雨は天罰だったのかなどとつぶやいておられた」

「そうですか」

「あのとき、穴屋は殿のそばを通り過ぎた。一瞬、手が動いたようにも見えた。なにかしたのではないかな？」

「よく、おわかりになりましたな」

竹の水鉄砲を使って、上から糊《のり》を撒《ま》いた。それが穴をふさいだのだ。

「それから、昨日、屋敷の数箇所で雨漏りがあった」

高橋は声を低めて言った。

「そうでしたか」

「おそらく、大目付の手の者が屋根に穴を開けていったのだろう」

「ええ」

あの男は、自分で手当をすると言っていた。

だが、しょせん穴屋でなければ、せいぜい数箇所くらいが関の山なのである。

「だが、そなたの忠告を聞いていたので、そば粉の保管場所は、油紙で覆《おお》ったりしておいたので、まったく慌てずに済んだ」

「それはよかったです」

「本当に助かった」

「いいえ」

「いまからでもそば粉を国許に戻し、百姓たちに配給するつもりだ」

「それは喜ぶでしょう。だが、お殿さまは？」

「殿は、天罰が下ったことで反省し、隠居を決意した」

「ほう」

「正式に隠居するまではいろいろ手続きなどがあるが、とりあえず政《まつりごと》のいっさいは、わしにまかせてもらえることになった」

高橋なら、いわゆる善政をおこなってくれるに違いない。

「それはよかったですね」

「何度も言うがすべてそなたのおかげだ。だが、どうしてそこまでのからくりを見破ることができた？　もしや、穴屋は世をあざむく仕事で？」

元お庭番である。そのころの名を倉地《くらち》朔之進《さくのしん》といい、佐渡《さど》の金山で死んだことになっている。

生きていると知られたら、呼び戻されるか、口をふさがれるか。

むろん、戻りたくない。穴開けの名工として生きていきたい。

佐平次は首を横に振って言った。

「とんでもない。あっしは、ただの穴屋でございますよ」

第二話　ヘビの穴、顔の穴

一

声もかけずに、ぬぅーっと入って来た客は、なんとも嫌な雰囲気を漂わせていた。昔だったら、「ヘビのような」と形容したかもしれない。だが、お巳よからヘビの愛らしさを教えられたいまは、そうは言えない。「肉を食べる馬みたいな」とでも言おうか。とにかく不気味なのだ。

歳《とし》のころは五十くらい。

武士である。たぶん旗本ではないか。もちろん無役。

「あのな」

と言って、少し沈黙した。

「はい？」

「ギヤマン。知ってるよな？」

「ええ。ギヤマンですね」

「そのギヤマンの、瓶《びん》の穴をつくってもらいたいのだ」

「穴をつくる？　開けるんじゃないので？」

「つくるんだ」

「おっしゃることがよくわかりませんが」

佐平次が男の目を見ると、

「じつは、こういうものがあるんだ」

と、客は持参していた風呂敷包みを開けた。

太めの大根ほどのギヤマンの瓶が出て来た。透明で、なかに入っているものが見えた。

「え？」

「南蛮の品だ」

瓶のなかに船が入っているのだ。それも、かなり大きい。小さな瓶の口からは、ぜったいに入らない。

船は瓶のなかで水に浮かんでいる。

「玩具《おもちゃ》じゃないですよね？」

「南蛮の飾り物らしいな」

「これは不思議ですねえ」

と、佐平次もびっくりした。

もちろん、こんなものを見たのは初めてである。

「これは、瓶の口がないうちに船と水を入れ、それから口、つまり穴をつくった」

「ほう」

たしかに、開けるというより、穴をつくるわけである。

こういう注文は初めてだが、しかし佐平次は「初物」には燃えるのだ。

「わしも、こういうものをつくりたい。これより大きな、西瓜《すいか》が入るくらいの瓶でな」

「ずいぶん大きな瓶ですね」

「どうだ、やれるか？　瓶の穴だぞ？」

「瓶の穴ねえ」

「やっぱり無理か？　できないか？」

佐平次の自尊心を傷つけるような言い方をした。

「あっしに開けられない穴はありませんよ」

と、ここはそう言わざるを得ない。

「さすが、高名な穴屋だな。瓶そのものもつくってもらえるか？」

「いや。瓶の胴体のほうはあっしがつくるわけではありませんが、用意することはできると思います」

浅草にギヤマンを売る店がある。そこにはかなり大きな瓶も置いてあった。

「そうか。ただ、なかに入れるものは、まだ用意できていないのだ」

「あっしのほうも、準備が整うまで、ちょっとお待ちいただくことになります」

佐平次にとっても、かなり難しい仕事になるだろう。

「む。いいだろう。それで、値は一穴十両と聞いたが？」

「この仕事は、ギヤマンの瓶の入手分がかかってしまうと思うのですが？」

ギヤマンというのは、かなり高価なものである。

「では、ギヤマンの代金は、別途で請求してくれ」

帰ろうとした男に、

「差支《さしつか》えなければお名前を？」

「毒に馬と書いて、毒馬《ぶすま》、毒馬悪左衛門《あくざえもん》だ」

怒ったように言った。

まさに、名は体《たい》を表していた。


毒馬が帰って行くと、佐平次はいつものように後をつけた。

永代橋を渡り、どんどん西のほうへ行く。上野の不忍池《しのばずのいけ》の横を通って、左に曲がった。湯島天神などがある台地の崖下に毒馬の屋敷はあった。

西側と南側は崖になっていて、日当たりや風通しはあまり良くなさそうである。

敷地は広い。ざっと見、四千坪ほどはあるだろう。

ただ、塀のようすや、上からぽつぽつと食《は》み出た木々のだらしない感じから、荒れた印象はある。

ちょうど真向かいに辻番《つじばん》があったので、

「ここは毒馬さまのお屋敷ですよね？」

と、訊《き》いてみた。

「ああ、そうだな」

「毒馬さまって、石高《こくだか》はどれくらいでしたっけ？」

失礼な問いかもしれないが、出入りの商人などが訊いてもとくにおかしくはない。

「毒馬さまはたしか五百石だったよな？」

なかにいたもう一人の番人に確かめた。

「ああ、そうだ」

と、その番人が答えた。

「五百石？　そのわりに屋敷は広大ですよね？　四千坪ほどありそうだから、五千石くらいのお旗本かと思いましたよ」

佐平次がそう言うと、番人たちは面白そうに笑って、

「その坂を上がって、上から屋敷を見てみるといい。二百石の旗本屋敷でもいいと思うだろうよ」

佐平次は言われるまま坂を上って、そこから下を眺めた。

「はあ?」

「へえ!」

思わず声が洩《も》れた。

なんと敷地のほとんどは広大な沼になっているのだ。かなり深そうで、薄緑色に染まっている。

地面があるのは、沼の周囲の細い道と、沼のなかの五坪ほどの小さな島と、家が建っているところくらい。たぶん合わせても三百坪ないかもしれない。

幕府もずいぶんな土地を与えたものである。

毒馬の薄気味悪さも、この土地から来ているのかもしれなかった。

二

毒馬の屋敷から、本所緑町の夜鳴長屋にもどって来ると——。

お巳よは、甕《かめ》からヘビを移したり、忙しそうにしていた。

「ああ、あんた。いまから出かけなくちゃ」

佐平次が甕のなかを見ると、銭の紋がついたヘビがうじゃうじゃ。

「なんだ、マムシばっかりじゃないか」

「そうなんだよ。あのヘビ百匹の注文は、ぜんぶマムシにしてくれだって」

「ぜんぶか？」

「そう。しかも、こぶりの可愛いやつだって」

「へえ」

マムシはこぶりだからといって、別に可愛いわけでもない。ちゃんと毒もある。不思議な注文もあったものである。

「マムシの子だけ百匹となると、いくらあたしでもすぐには揃えられないよ」

甕をのぞきながら、お巳よは言った。

「そりゃそうだろう」

「ここに七匹でしょ。それから王子の牧場で集めて来た分が五十九匹」

「それでもそんなにいたんだ！」

佐平次は行ったことはないが、飛鳥山《あすかやま》に近い崖のあたりに、お巳よは広大なヘビの牧場を持っているのだ。

そこには白ヘビだの、やけに頭の大きい南蛮のヘビだの、犬だってひと飲みする巨大なヘビだのがいるらしい。

「合わせて六十六匹。とりあえず、六十六匹届けて、残りは後で届けるということにしてもらうわ」

「あと三十四匹も揃うのかい?」

「高田馬場あたりの山にはマムシが多いの。あそこに行けば、なんとか揃うと思う」

「大変なこった」

と、佐平次は女房をねぎらった。

「小さいのを注文したくせに、早く大きくするにはどうしたらいい? とか訊くんだよ。変なやつらだよね」

「値段は子どものほうが安いのかい?」

「そりゃそうよ」

「だったら、金を惜しんだんだろうな」

「でも、百匹もなにするつもりなんだろう?」

「訊かないで引き受けたのか？」

「訊いたけど言わないんだもの」

佐平次はすこし考えて、

「たぶん、マムシの足軽部隊にするんじゃないかな」

と、言った。

「マムシの足軽部隊？」

「そう。大目付が、どこかの藩をつぶそうとしているのさ。だが、取り潰《つぶ》しを言い渡そうものなら、江戸藩邸でもかなりの抵抗が予想される」

「それでうちのマムシたちを？」

「ああ。マムシの足軽部隊を前もって突入させるんだ」

冗談ではない。大目付という仕事は、そういうきわどいことをやっている。

「そうなったら、うちの子たちは大活躍するよ」

「訓練まで頼まれてないか？」

「それは頼まれてないね。そうかあ。足軽になっちゃうかあ。親としては、戦《いくさ》には出したくないけどね」

「だから、やめろと言っただろうが」

佐平次がそう言うと、お巳よはちょっとムッとしたように言った。

「佐平次さん。お互い、仕事のことには口出ししない約束だよ」

三

――さあて、ギヤマンについて学ばないとな。

佐平次は、弟子の孝助に留守番を頼むと、さっそく動き出した。

浅草のギヤマン屋に行く前に、日本橋通塩町《とおりしおちょう》にある〈加賀屋〉に立ち寄った。ここは眼鏡屋だが、久兵衛《きゅうべえ》という若い手代がたいそう熱心で、ギヤマンのことなら江戸でいちばん詳《くわ》しいのではないか。

佐平次は以前、眼鏡に穴を開ける技のことで、相談を受けたことがあった。

「ご免よ」

「あ、穴屋さん。お久しぶりです」

久兵衛は、伊達《だて》眼鏡の向こうの目を細めた。

「相談があってさ」

佐平次がざっと事情を説明すると、

「それは難しそうですねえ」

久兵衛は唸《うな》った。

「やっぱり？」

「ギヤマンを一からつくるには、珪砂《けいしゃ》という材料を、強火で溶かすところから始まるらしいのです」

「ふいごを使おう」

じっさい、やったことがあるのだ。ふいごを使って鉄の細い棒を熱し、これでギヤマンの瓶を修理した。

「はい。ただ、わずかなギヤマンをつくるのにも、相当な量の珪砂もいるし、溶かすための薪《まき》もいっぱい要《い》ります。大きな甕みたいなギヤマンをつくるには、ものすごい月日がかかりますね」

「そうかあ」

「それなら、すでにできているギヤマンをもう一度溶かし、これでかたちをつくるのがいいと思います」

「なるほど」

「だが、その技がまだ江戸には伝わって来ていないのです」

「技ねえ」

そういうものなら、ちょっとした手がかりさえあれば、なんとか工夫する自信はある。穴屋の仕事は工夫の連続なのだ。

「どろどろに溶けたギヤマンを丸くして、そこに口で息を吹き込み、ふくらましながら、かたちを整えていくらしいのです」

「息でふくらませるのか」

それは知らなかった。

「はい。ふくらましたところを切ると、そこが瓶の口になるわけです」

「あ、そうなのか」

だとすると、話は違ってくる。

毒馬の言いっぷりだと、まず桶《おけ》みたいなギヤマンがあり、そこへ船を入れ、どうにかして先細りになる上の部分をつくるみたいだった。

だが、そんなことはできるわけがない。

となると、瓶の底あたりを切り、船を入れてからくっつけることになるだろう。

「ギヤマンの加工には、かなり熟練の技がいるらしいです」

「なんてこった。じゃあ、長崎に行かないと駄目《だめ》か?」

「わたしもいつか長崎に行きたいのですが」

と、久兵衛は遠い目をした。

ちなみに、加賀屋久兵衛は長崎ではなく、大坂でガラス製造の技を学ぶことになる。

それから江戸にもどっていわゆる江戸切子の製造を開始し、大伝馬町《おおでんまちょう》に〈びいどろ屋〉を開くのは、このときから十年ほど経《た》ってからである。

次に佐平次は、浅草へ向かった。

浅草寺《せんそうじ》門前にある〈ギヤマン屋〉。

「おう、穴屋」

ギヤマンの瓶の穴をふさぐ仕事を頼んできたのは、このおやじだった。

このおやじ、態度は無茶苦茶大きく、まるでやくざのようだが、じつはギヤマンのような割れやすい心の持ち主である。だからこそ、ギヤマンに魅《み》せられ、こうして商《あきな》いにまでしてしまったのだろう。

「面倒な仕事を引き受けちまったんだ」

「どんなのだ？」

「西瓜が入るような大きな瓶にものを入れるんだが、いったん底を切り、またふさがなくちゃならないのさ」

「そりゃあ、難しいぞ」

「やっぱり？」

「ギヤマンは割れるからな。底を切ると言ったって、割らないように切らなくちゃいけねえぜ」

「もちろんだ」

「それをくっつけるわけだろ。できるか、そんなこと？」

「穴屋の意地で、できると言っちまったんだ」

「おめえらしいぜ」

「参ったなあ」

佐平次は頭を抱えた。

だが、そのとき、思いがけない方法が閃《ひらめ》いた。

「ああっ」

「なんだよ、穴屋。急にでかい声出して。驚くじゃねえか」

おやじは、割れたギヤマンみたいな表情をした。

「おっと、すまねえ。なあに、気がついたのさ。あの船は、瓶に入れてからふさいだんじゃねえんだ。瓶のなかで組み立てたのさ！」

「瓶のなかで組み立てる？」

「そう。細い箸《はし》かなんか使えばやれるぜ。孝助にだってやれる。そうか、毒馬の野郎、それを知らずに言ってたから、注文が頓珍漢《とんちんかん》だったんだ」

佐平次はさっそく、稽古用のギヤマンの瓶を物色し始めた。

四

と、そこへ——。

「ここだ、ここだ。ギヤマン屋と書いてあるぞ」

大きな声を上げながら、客が三人、入って来た。

そのうちの一人に見覚えがある。佐平次はさりげなく横を向き、三人から見られないように気をつけた。

「ほう、瓶もいろいろあるんですね」

「ほんとですねえ」

「おい、気をつけろ。ギヤマンは陶器より割れやすいらしいからな」

そう広くもない店のなかを、三人は占領したように歩き回る。

「どういう瓶をお望みで？」

おやじが声をかけた。

「太い瓶がいいな」

三人のうち、いちばん背の小さい男が答えた。こいつがいちばん偉そうである。

「太い瓶？　なんにお使いで？」

「なんに使う？　それは言いたくないな」

半分ふざけたような調子で答えた。

「あ、さようで」

面倒臭そうな客である。

三人とも嫌な目つきをしている。つねに人を探っている目。もしかしたら佐平次も昔はこんな目つきをしていたのかもしれない。幕府の隠密だの、目付だの、町方の同心だの、この連中は自分では気がつかないのだ。いかに嫌な目つきで町を歩いているかということを。

「口のところから、ネズミを入れられるくらいの大きさは欲しいんだ」

「ネズミ？」

「そう。瓶のなかで、ネズミを飼うわけさ。かわいいもんだぜ」

「はあ。それだと、こんな瓶はいかがでしょう？」

おやじは、広い口の筒状の瓶を見せた。

「これは色がついてるではないか」

「色はついてないほうがいいんですか。では、こちらを」

と、おやじは透ける瓶を持って来た。

「お、これはいいな」

「一朱（約八千円）いただきます」

「一本じゃないぞ。これを百本ほど欲しいんだ」

「百本！」

「なんだ、ないのか？」

「うちじゃあ、二十本しかありませんね」

「どこかほかで買えないか？」

「江戸ではあんまりないでしょうが、もう少し日にちをいただけるなら、なんとかかき集めますが？　そのかわり、お値段のほうはちと高くなります」

「いくらになる？」

「一朱に四百文《もん》ほど足させてもらえたら」

「仕方あるまい。いつぐらいに揃う？　また、来てみるが」

「半月ほどご猶予をいただければ」

「わかった。代金はそのつど支払うから、三十本くらいずつでよいので、集まったら駿河台・富士見坂上の早坂主水之介《はやさかもんどのすけ》の屋敷まで届けてくれ」

　男がそう言うと、隅でこのやりとりを見聞きしていた佐平次は、

「やっぱり」

と、つぶやいた。

こいつらは、大目付の家来たちなのである。

三人が、偉そうに出て行くその後ろ姿を見送って、

「おやじ。あいつらがなにをする気かわかったぜ」

と、佐平次は言った。

「なにすんだ？」

「百本の瓶で、たぶんマムシ酒を百本つくるんだ」

「マムシ酒？」

「マムシを入れるんだ」

「ネズミじゃないのか？」

「ネズミは餌だよ」

「なるほど餌を入れられないとしょうがないか」

「マムシ酒、知ってるかい？」

「聞いたことはあるが、飲んだことはねえ。精力剤なんだろ？」

「凄《すご》いぜ」

「吉原に三晩、居続けして、やっと抜けるくらいだ」

「そうなの？」

佐平次は、田舎でマムシ酒を一升ほど飲んで、死にかけたこともある。

「へえ」

瓶のなかで小さなマムシを大きくし、そこへ焼酎《しょうちゅう》を入れるつもりなのか。さぞかし立派なマムシ酒ができるだろう。

だが、大目付がそんなものをどうするつもりなのか。

しかもお巳よが、可愛いマムシたちを皆、瓶詰めにさせられると聞いたら、どんなに嘆くことだろう。

五

割り箸をさらに細く削《けず》り、カンナでもかけたようにつるつるにしたものを見せて、

「お師匠さま。材料はこんなもんでどうでしょう？」

と、弟子の孝助が訊いた。

「うん、いいじゃないか。それで、まずは船がどうやってつくられるのかを考え、それと同じことをこの小さな材木でなぞっていくんだ」

「はい。朝、船大工の仕事を眺めて来ました」

「そりゃあ、たいしたもんだ」

と、佐平次は褒《ほ》めた。

孝助はほんとに筋がいい。

手先は抜群に器用というほどではない。だが、器用さというのは、ゆっくり丁寧に作業することで補《おぎな》うことができる。

穴屋にとってもっと大事なのは、見る力なのだ。

直視するだけではない。後ろから裏から、うんと近くから、うんと遠くから、いろんな方向からものごとを見る力。そうやってこそ、穴を開けるためのいちばんいい方法を見つけることができるのだ。

孝助は、その才能を持っている。

「まずは、瓶の外で船を組み立ててみな。もちろん箸を使ってだぞ」

丈夫だが長く細い箸は、佐平次がつくった。変わった仕事は、道具づくりから始めるのだ。

「はい」

孝助は、その細く長い箸で、船を組み立て始めた……。

三日後――。

毒馬悪左衛門がやって来て、

「どうだ、進んでいるか？」

と、佐平次に訊いた。

「ええ、本番に行く前に、ちょっと稽古のようなことをしてみたんですが」

と、瓶のなかの船を見せた。

船はもちろん南蛮の帆船ではなく、弁才船《べざいせん》みたいなかたちになっている。材料のほとんどは、割り箸に竹ひご、帆のところは布ではなく、紙を張った。孝助におおまかなところをやらせ、佐平次が仕上げをした。まさに大海原を行く、商いの船。われながら、いい出来である。

「ほう。凄いね」

毒馬は感心した。

あとは、頼んでおいたもっと大きなギヤマンの瓶が入るのを待つだけである。

「それで、どんな船を入れるので？」

と、佐平次は訊いた。

「船？」

「あれ？　船じゃないんですか？」

「違う」

「では、なにを入れるんですか？」

あんなふうに見せられたから、てっきり船を入れるものとばかり思っていた。

「大きな声では言えぬが」

と、じっさい声を低めて、

「わしは瓶に入れた顔を眺めてみたいのだ」

「顔？」

咄嗟《とっさ》にぴんとこなかった。きれいな人形の顔でも入れるのか。そういうのをつくる自信はない。それは穴の技とはまた別の技である。であれば、お面屋に助けてもらうという手もある。

「つまり首だよ」

「首？」

「わしの家来に、生意気な若い男がいてな。寝屋《ねや》の供をせよと言うのを、いっこうに言うことを聞かぬのだ。憎らしいから、なにか罪をなすりつけて、斬首《ざんしゅ》にしようと思ってな。ただ、この男の顔はそれは美しいもので、腐らせてしまうのは勿体《もったい》ない。それで、瓶に詰め、腐らないよう焼酎につけて、長く楽しもうと思っているのさ。くくっ」

嬉《うれ》しそうに笑った。

佐平次の背中を冷たい感触が走った。

この野郎の依頼の正体は、腐り切った欲望の実現だった。

六

お巳よが残り三十四匹そろったので、大目付の屋敷に届けることになった。

マムシの使い道――つまりマムシ酒にされるということは、すでに伝えた。

「なんてことを！」

怒ったお巳よは、あいつらを懲《こ》らしめてやることにした。

もちろん、それは危険な行為である。佐平次も、いくら仕事に口は出さないと言っても、ついて行かざるを得ない。

大目付の家来の何人かは、屋根の穴の依頼のときに顔を見られているが、どうせ女房の手伝いでヘビを運んで来るような、間抜けな亭主のことは眼中にないのである。

軽く頰かむりする程度で、とくに変装もしなかった。

駿河台の坂のなかほどにある早坂屋敷を訪《たず》ねると、

「おう、ヘビ屋、来たか」

裏庭に通された。

マムシが三十四匹入った籠《かご》の周りに、家来が四人ほど集まって来た。

「前にお届けした分は？」

「うむ。そこにいる」

と、やはり籠に入れたままらしい。

「ちゃんと生餌《いきえ》のネズミは与えてくれてるのでしょうね？」

お巳よは不安そうに訊いた。

「やってるとも。町のガキどもに、一匹十文で買い取るとびらを撒《ま》いたら、来るわ来るわ。それを次から次に食わせてるぞ」

「そうですか」

「ただ、いまからあんまり大きくするとまずいのでな、ちっと控えめにするのはしょうがないのだ」

どうやら、瓶のほうはまだ、届いていないらしい。

そこへ、

「ヘビが来たか。よし、あとは瓶だな」

と、大声がして、やけにキラキラする羽織を着た男が現われた。大目付・早坂主水之介である。

「ふっふっふ。田舎の大名たちも驚くだろうな。どうやって入れたかわからない大きなマムシが、瓶のなかにいるのだからな。まさか、瓶のなかで育てたとは思うまい。あ、そうそう、大きくなったらよく瓶を洗ってから焼酎を入れるのだぞ。でないと、糞の臭みが混じるからな」

大目付は家来に、つくり方まで伝授した。

「ははっ」

「これほど珍しいものはあるまい。贈り物のお返しには、こういう奇知が必要なのだ。わっはっは」

たいそう得意げである。

——そういうわけか。

と、佐平次は納得した。大目付がマムシ酒を百本も用意する理由である。

こいつは、全国の大名から、毎年、莫大《ばくだい》な進物《しんもつ》を受け取っているに違いない。その賄賂性を少しでも薄めようと、お返しをするのだが、それを今度は変わったマムシ酒に決めたらしい。

——嫌な魂胆だぜ。

「では、あたしたちはこれで」

と、お巳よは裏門のほうへ向かった。むろん、佐平次もいっしょである。

裏門の近くまでもどって来ると、

「うわっ」

「こいつ、噛《か》みやがった」

「あ、また、もう一匹」

「ど、毒が回る！」

「殿、お助けを」

「わ、わしは知らぬ」

騒ぎが聞こえてきた。

「ふっふっふ。うまくいったみたいね」

「ああ、あいつら、ばくばく食われてるぞ」

お巳よは、家来たちの腕に、マムシがいちばん好きなカエルの臭《にお》いをさりげなくつけてきたのだ。

籠のふたを開けた途端、マムシたちはいっせいに、家来たちの腕に食いついたに違いない。

「なんだ、あの騒ぎは？」

門番が訊いた。

「さあ、曲者《くせもの》じゃないですか？」

「なんだと」

門番たちも駆け出して行った。

それからまもなくして、地面をぞろぞろとマムシたちが這《は》って来た。お巳よが臭いの水を撒いて、逃げ道をつくっておいたのだ。

「よし、おいで」

外に用意していた籠に、もどって来たヘビたちを次々に放り込んでいく。

「九十八、九十九……百！　これでぜんぶだよ！」

お巳よと佐平次は、痛快な気分で駿河台の坂を駆け下りた。

七

佐平次のほうも、仕事が残っている。毒馬が狙っている家来に事情を話し、逃亡させてやらなければならない。きれいな首を持って来られても、それをギヤマンの瓶に入れるような仕事はごめんである。だが、代金はふんだくりたい。そこが思案のしどころだった。

毒馬の屋敷の塀は意外に高く、しかもなかは沼が足元近くまで来ているから、忍び込むのは大変そうである。

佐平次はまず、塀の外から釣《つ》り竿《ざお》で魚を釣ることにした。

「なにをしている?」

案の定、見咎《みとが》められたらしく、塀の向こうで声がした。

佐平次は、壁に穴を開け、向こうをのぞいている。なるほど、若い武士はたいそうな美貌《びぼう》だった。

「じつは、お話があって」

「話?」

「ここです、ここ?」

「あ、この穴か。いつ開いたのだろう」

美貌の武士が穴の近くに来た。

「そんなことより、あなたにとんでもない危機が迫ってますぞ」

「危機?」

佐平次は、毒馬の邪悪な計画を語った。

「そうか。殿がわたしの首をな。いや、いろいろと思い当たることはある」

「そういうわけですから、早くお逃げになられたほうが」

佐平次が親身になって逃亡を勧めると、

「無理だろう」

と、意外な返事が返ってきた。

「無理と申しますと？」

「あの殿は、とにかく稀《まれ》に見る執念の持ち主なのだ。恐ろしくしつこいのだ。吸盤のついたヘビみたいにな」

「ははあ」

顔は肉食の馬だが、身体《からだ》は吸盤のついたヘビらしい。

「逃げてもかならず捜し出されてしまうだろう」

すでに諦《あきら》めている。

「だからと言って……」

「殿を斬《き》って、わたしも腹を切るしかあるまい」

「ちょっとお待ちを」

佐平次は慌てて止めた。


数日後――。

毒馬悪左衛門の屋敷を、三人の武士が訪れた。

堂々たる体軀《たいく》の立派な武士で、あと二人は家来だろう。

「わしは目付の愛坂桃太郎《あいさかももたろう》という者だ」

「目付……」

毒馬は青くなった。突かれると、疚《やま》しいことは山ほどあるのだろう。

「この屋敷に田畑弥之助《たばたやのすけ》という家来はおらぬか？」

愛坂は、門内をのぞくようにして訊いた。

「おりますが、失踪いたしまして、いま、捜し回っているところです」

「失踪？　嘘《うそ》を申せ。そなたに理不尽な理由で首を刎《は》ねられたそうではないか」

「首を刎ねた？　滅相《めっそう》もない」

「では、これはなんだ？」

目付の愛坂桃太郎は、後ろにいた家来にうなずいた。

家来は重そうに持っていた荷物を前に出し、もう一人がかぶせていた風呂敷を取った。

それを一目見て、

「ひぇっ」

毒馬は目を瞠《みは》った。

「どうだ、これは田畑弥之助であろう」

「や、弥之助」

「そなたが斬ったのだ。それで、このような奇怪な置物にした」

「わ、わしは、い、いつやったのだろう？」

「こういうことをすると、人は忘れたいという気持ちから、記憶を失《な》くしてしまうことがよくあるのだ」

「や、弥之助……わ、わしが悪かった」

毒馬は、首が収まったギヤマンの瓶にしがみついた。目からは涙があふれている。

邪悪ではあったが、強い情愛を持っていたのは本当らしい。

「触るでない。これは証拠の品として、わしが保管する」

愛坂は、毒馬を瓶から引き離した。

「は」

「ところで毒馬。いくら家来でも、このようなことをしてしまったら、通常、お家はお取り潰《つぶ》しとなる」

「と、取り潰し……」

「だが、三十五両を支払うなら、この不手際については忘れてやってもよい。どうだ？」

「払います、払います」

「よし。このこと、二度と蒸し返すでないぞ」

「ははっ」

毒馬は平《ひら》に頭を下げた。

「やったな、穴屋」

歩き出してすぐ、そう言ったのは、愛坂桃太郎を名乗った男である。この男、なんと絵師の葛飾北斎だった。

「ええ。北斎さんの武士の芝居、見事なものでした」

「すこし緊張したが、それがよかったのかもしれないな」

北斎はもともと堂々たる体軀をしている。目付に化けても、威厳ではまったく劣《おと》ることはなかった。

「では、これはお礼の十両」

「む。ありがたく受け取っておく。だが、この成功はお面屋のそれがあったからだな」

北斎は、家来に扮していたお面屋が持ったギヤマンの大きな瓶を指差した。

なかの顔は、お面屋が革でつくったものである。もちろん、当人の田畑弥之助を前にして、そっくりにつくり上げた。

これを丸めて瓶に入れ、瓶のなかで広げた。さらに後頭部のほうも革でつくり、瓶のなかで顔の前と後ろをくっつけたのだった。

それから焼酎を入れると、この瓶の中身は、美青年の生首となったのである。

「お面屋さんにも謝礼」

と、十両を渡した。

「ああ。ありがたく受け取ったぜ」

佐平次は十五両を懐《ふところ》に入れ、

「五両は、ギヤマンの瓶の代金だ。これで、金の件も無事に解決」

と、言った。

「いまごろ、あの美貌の家来も小田原《おだわら》あたりか」

お面屋が懐《なつ》かしそうに言った。

田畑弥之助は、上方《かみがた》で役者でもめざすとのことだった。

ずっしり重い懐を押さえるようにして、三人は両国橋を渡る。

川風が気持ちのいい夜であった。

第三話　落とし穴、のようなもの

一

お巳よが仕事で出かけ、弟子の孝助は修業がてら大工の手伝いに行かせたので、佐平次は一人で昼飯を食うことになった。

なにかつくるのも面倒なので、漬物をおかずに湯漬けで済ませることにした。漬物は、大根の真ん中に穴を開け、人参《にんじん》を差したのと、胡瓜《きゅうり》の真ん中に牛蒡《ごぼう》を差した、通称〈穴屋漬け〉。

これが、見た目もきれいだし、二つの味が楽しめるし、最高なのだ。

売っているものではない。お巳よが漬けたそれぞれの漬物に、佐平次が穴を開けたりして完成させた。

「売り物にしようか？」

と、提案したが、

「これは、お前さんとあたしだけの食べ物にしたい」

そう言ったので、売り物にするのはやめにした。

ただ、一度、食べさせた葛飾北斎が〈穴屋漬け〉をやけに気に入ってくれたので、北斎にだけはお裾《すそ》分《わ》けしている。

二杯目の湯漬けをかき込んでいると、

「ごめんよ」

と、客が来た。

歳《とし》は北斎と同じくらい、七十少し前というくらいか、でっぷり肥《ふと》った赤ら顔。小僧らしき十五、六の少年が付き添っている。

「済みませんね。いま、昼飯の途中なんで、ちっとだけ待ってもらえませんか？」

「ああ、かまわないさ」

と、客は上がり口に腰をかけ、佐平次の前に置かれたどんぶりの中身を見て、

「うまそうな漬物だね」

そう言った。

「ああ、うまいですぜ。穴屋漬けってんでさあ」

「よかったら、一切れずつ、味見させてもらえないかい?」

「どうぞ、どうぞ」

客は二切れの漬物を食い終えたあと、

「大根と牛蒡が、横山町《よこやまちょう》一丁目の〈越後大石堂《おおいしどう》〉のもの。人参と胡瓜は、同じく横山町一丁目の〈信州大樽堂《おおたるどう》〉のものだね」

と、言った。

「残念でした。漬物はどれもあっしの女房が自分で漬けたんでさあ。料理が嫌いであまりやりたくないと言うので、やらなくていいから、漬物くらいは自分で漬けてくれと、そういうことでやってくれてるんでね」

「ふうん。そうだったかい」

客は、佐平次の言うのを信じないみたいに、にやりと笑って言った。

感じの悪い客である。

二杯目を食い終わって、

「どんなご依頼で？」

と、佐平次は訊《き》いた。

「うん。隣の家で、なにやら穴を掘っているらしいのさ。それが気になってたまらないんだ。いったい、なんの穴を掘っているのか探ってもらいたいと思ってね」

「あっしが掘るんじゃなくて、なんの穴かわかればいいので？」

「そういうこと」

「あっしは構いませんが、うちの代金は安くありませんぜ。ほかの誰かに頼んだほうがいいのでは？」

「いや、そんなかんたんな仕事じゃない。向こうをのぞくことはできないし、隣の家族はもちろん、使用人も口を割るはずがない。やっぱり、穴の専門家じゃないと、見破ることはできそうもないんだよ」

「へえ」

だんだん興味が湧《わ》いてきた。自分で掘らないというのは物足りないが、佐平次もどういう穴か知りたい。

「一穴十両という噂《うわさ》は聞いた。十両出すから調べてもらえないかい？」

「そりゃあ、お安い御用ですが……」

「あたしは、横山町一丁目の漬物屋、越後大石堂の隠居で又右衛門《またえもん》という。探ってもらいたいのは、隣の漬物屋、信州大樽堂なんだ」

「なあんだ、そうですか」

さっき口にしたのは、自分の店と隣の店の名前だったのだ。

例によって「一晩考えさせてくれ」と言って、あとをつけることにした。自分で掘るのではないのだから、悪事に関《かか》わることはなさそうだが、それでもこの商売は、どんな裏があるかわからない。

客は、路地を出たところの前にある緑町河岸《みどりちょうがし》で、猪牙舟《ちょきぶね》を拾った。

「ちっ」

佐平次も仕方なく舟を拾い、船頭にあとをつけてもらう。ほんとに横山町なら、佐平次は陸《おか》を行っても追いつくが、嘘《うそ》かもしれないのだ。舟賃は高いので勿体《もったい》ないが、これを怠るわけにはいかない。

舟は竪川《たてかわ》を出ると、大川を横切り、両国橋の左手にある薬研堀《やげんぼり》に入って、そこで降りた。これくらいなら、歩けばいいのにと思いつつ、佐平次も舟を降りる。

なるほど、横山町一丁目の越後大石堂のなかに消えた。

話に偽りはなさそうである。

隣の信州大樽堂というのも確かめた。この二軒、十間《けん》ほどの間口といい、店構えといい、そっくりである。

向かいの下駄屋で訊いてみると、

「あの二軒は、もう四十年以上、ああやって競い合ってきたのさ。売上だけではないよ。又右衛門と宋右衛門《そうえもん》で、くだらぬことまで張り合ったものさ。看板を上げれば、どっちが派手で大きいかを競い、吉原に行けば、どっちが売れっ子の花魁《おいらん》を落籍《らくせき》するかで競った。とにかく負けたくないの一心だろうね」

案の定、そういうことだった。

「それで勝ち負けは?」

「そりゃあ、細かくみたら、そのつど、こっちが勝ったり、あっちが勝ったりしたんだろうが、いまはご覧のとおり、勝ち負けなしってとこだろ」

競い合った二人も、いまはともに隠居。

「それでも隣は気になってしょうがねえみたいだけどね」

　下駄屋は笑いながら言った。


　夕方、お巳よは心底、疲れた顔で帰って来ると、

「ああ、今日はもう、どこにも出たくない。お前さん、晩ごはんは漬物で湯漬けじゃ嫌かい？」

　と、訊いた。

「おいら、昼飯もそれだったんだ」

「そうなの」

「じゃあ、おいらが向こうの総菜屋で煮物でも買って来てやるよ」

「すまないね」

「なあに、どうってこたぁねえ。昼も食ったが、お巳よの漬ける漬物はほんとにうまいよ」

「おや、そうかね」

「若い女があんなにうまく漬けられるなんて、たいしたもんだよ」

われながら、嫌みっぽいと思う。

「そんなことないよ」

「おいらは、漬物をうまく漬けられる女房をもらうのが夢だったんだ。だから、幸せだと思うよ」

「そう言ってもらうと嬉《うれ》しいよ」

お巳よはなかなか白状しない。

じつは、さっき台所の下のぬか床を確かめてみた。なかにはなにも入っていないし、しばらくかき回した跡もない。お巳よは、横山町の漬物屋で買って来ているのだ。

——女房に嘘つかれるのはつらいよな。

佐平次は、お巳よといっしょになって初めて、心のなかをかすかな隙間風《すきまかぜ》が吹くのを感じた。

二

翌朝——。

佐平次は、越後大石堂へ出向き、隠居の又右衛門に、

「引き受けさせてもらいます」

と、告げた。

「じゃあ、さっそく裏手に来ておくれ」

店の裏手は、かなり奥行があり、蔵が二つあるほか、茶室のような隠居家がつくられ、庭もかなり広々としていた。

「そっちが信州大樽堂の裏手になるんですか？」

「ああ、土地の広さもほぼ同じで、隠居家があるのもいっしょだよ。まったく真似《まね》ばかりするやつでね」

どっちが真似しているのかは、本当のところはわからない。

二軒のあいだには、高い塀がある。

「どこかに穴でも開けてのぞいたのですか？」

「そんなことはせんよ。宋右衛門に馬鹿にされるからな。それに、のぞいたって無駄だ。向こうは向こうで塀を立てているから、あいだに三寸ほどの隙間がある」

「ははあ。それじゃあ、穴を開けてものぞくことはできませんね。では、なぜ、穴を

掘っているとわかったのです？」

と、佐平次は訊いた。

「土を運び出していたのさ」

「どれくらいの量を？」

「よくわからないが、土嚢《どのう》に詰め、荷車で持って行ったんだ。それも一度じゃなかった。二度もだ」

「それはかなりの量ですね」

「だろう。もしかしたら、地下道でも掘っているのかもしれないな」

「地下道？　なんのために？」

「こっちをのぞこうとか、盗み聞きでもしようというのだろう」

「ちょっと待ってください」

佐平次は、地面に這《は》いつくばって耳をつけ、手で地面を叩《たた》き始めた。

隠居の又右衛門は、驚いて佐平次のやることを見ている。

隣と接するあたりを一通り叩いてから、

「穴はないですね」

と、言った。

「それでわかるのか？」

「ええ。穴が開いていたりすると、音は違ってきますから」

「ほう」

「耳もよくないと、穴屋の商売はやれません」

「じつにたいしたもんだ」

「さて、地下道はないとすると、地下蔵というのはどうです？」

「地下蔵？　そんなのがあるのか？」

「ありますよ。地下というのは、地上より寒いですから、食糧を保存したりするのに持ってこいなのです。神田には、冬の氷を地下蔵に入れ、夏まで冷やしたりしているところもありますよ」

「それは臭いな」

と、又右衛門は悔しそうに言った。

佐平次も、この線はあるような気がしてきた。漬物屋なら、かなり重宝《ちょうほう》するのではないか。

「ただ、地下蔵にするには、穴だけ掘ればいいというものではないでしょう。土砂崩れなどを防ぐため、しっかりした工事が必要です。あっしがつくるなら、材木だけでなく、石も相当使いますね」

「そんなものはまだ入れてないはずだな」

と、又右衛門は言った。

まだ、そこまでは進んでいないのかもしれない。

「それと、掘って出た土ですが、荷車で運んだと言いましたが、やたらなところに捨てることはできませんよ」

「そりゃそうだな」

「隣では別荘などは持ってませんか？」

「あるよ」

「どこに？」

「柳島《やなぎしま》だよ。うちの別荘の近くだ」

「別荘の場所までいっしょなんですか？」

佐平次は呆《あき》れて訊いた。この人たちは、憎しみ合っているようで、本当は相手が好きなのではないか。

「真似したんだ。向こうがな」

「ちょっと見て来ますよ」

佐平次は、詳しい場所を聞き、本所《ほんじょ》の東の柳島まで足を延ばすことにした。

三

柳島は、萩の名所で有名な龍眼寺《りゅうがんじ》の裏のほうだという。緑町の長屋の前から亀戸《かめいど》を抜け、十間川《じっけんがわ》を北上することにした。

十間川に架かる旅所橋《たびしょばし》を渡ったとき、

「青吉《あおきち》！　どうして、そっちに行くんだい！　こっちだよ、こっち！」

聞き覚えのある声がした。

お巳よである。しかも、かなり苛立《いらだ》っている。

佐平次はすばやく家の陰に身を隠した。

「まったくもう、青吉ったら」

青吉というのは、人の背丈ほどもある青大将の名前である。鼠捕《ねずみと》り――というか、鼠食いの大将でもあって、しばしば料亭などの鼠退治に駆り出される。この向こうに、よく知られた料亭があるので、今日もその仕事で来ているのだろう。

だが、お巳よがあんなふうにヘビを叱《しか》るのは珍しい。もちろん、昔、相当にやさぐれた口だから、喧嘩《けんか》相手に啖呵《たんか》を切るくらいのことはする。だが、ヘビに悪態をつくなんて、初めてではないか。

――なんか、ここんとこ、苛立ってるよな……。

佐平次は、自分のせいかと気にしてしまう。

可愛がり方が足りないのか。いや、それはないはずである。毎晩、仲良く一つ布団に寝ている。

――では、なにが……？

佐平次は気になりつつ、先に向かうことにした。

柳島は、根岸《ねぎし》の里と並んで、江戸の別荘地になっている。

舟が使えるので、足の便はこっちのほうがいい。年寄りにも来やすいはずである。

しかも、梅や菖蒲《しょうぶ》、藤などの名所だらけで、四季折々で楽しめる。根岸は、静養というより、吉原に遊びに行くのに都合がいいのではないか。

越後大石堂の別荘は、龍眼寺の裏手にあって、入口に石のだるまを置いてあるのが目印だと言われていたので、すぐに見つかった。

敷地も千坪ほどある、たいそう立派な別荘である。こんなところがあれば、隠居したらこっちで暮らせばいいのにと思ってしまう。

信州大樽堂の別荘は、その東側で、庭に竹林があるのが目印だという。

「なんだよ、すぐ隣じゃないか」

敷地もくっついている。

ここは、横山町みたいに高い塀で区切られたりはしていないので、庭は丸見えである。

「あった、あった」

庭の隅に土嚢が積み上げられている。崩すでもなく放ってある。

――変だな。

とは思ったが、このときはさほど考えなかった。

土の量からして、一間四方分よりいくらか多いほどか。

細長く掘れば、かなりの深さになるだろう。だが、穴が一つとは限らない。四つ掘って、大きな建物の土台にするというのも考えられる。

――ううん、わからねえ。

また、横山町にもどることにした。

「一間四方分の土の量でしたよ」

「中途半端だな」

「そうなんですよ」

地下蔵だったらもっと掘る必要がある。

「宋右衛門のやつ、なに、考えてんだか」

又右衛門は忌々《いまいま》しそうに言った。

「代金は要《い》りませんから、いっそお隣に訊いてみてはどうですか？　なに掘ってるんだと」

「冗談じゃない。そんなこと、おめおめ訊けるか」

「もう、いい歳なんだから、隣のことなんか気にしなくていいじゃないですか」

「そうはいかない。あいつとはずっと競い合ってきた。最後の勝負は、葬儀に香典を持っていけるかだ」

「香典を？」

「つまり、相手より長生きしたってことだろうよ。一日でも、あいつより長生きしたいのさ」

年寄りの考えることも不思議である。

四

早めに長屋に帰ると、お巳よはまだもどっていなかった。あのまま、青大将の青吉を叱りつづけていたのか？

晩飯はどうしようか、迷っていると、

「穴屋、このあいだは世話になった」

戸口に武士が立った。

「これは、これは、高橋さま」

信州上田藩の高橋荘右衛門である。

「じつは、折り入って相談がある」

と、高橋は勧めもしないのになかに入り、腰高障子《こしだかしょうじ》を後ろ手で閉めた。

「なんでしょう？」

「大目付のことだ」

「おみおつけ？」

そんなものには関わりたくない。ここはしらばくれてごまかしたい。

「おみおつけではない、大目付」

「大目付ってなんでしたっけ？」

「穴屋、とぼけてくれるな。この前は、もっと話が通じたぞ」

「知ったかぶりしたんだと思いますよ」

佐平次がとぼけるのも意に介せず、

「わが藩は、大目付に狙《ねら》われたらしいのだ」

と、言った。

「宝物《ほうもつ》でもあるので？」

「そうではない。わが藩をつぶそうとしているのだ」

「………」

そんなの知ったことではない。ここは穴屋なのだ。

だが、高橋は佐平次の思惑《おもわく》などお構いなしに、

「大目付の早坂主水之介は、どうやら先祖が真田家にさんざんに打ち負かされたことがあったらしい。そのために、先祖は大名になれなかったと思い込んでいて、その逆恨《さかうら》みとして、かつて真田の領国だった上田藩に目をつけたようなのだ」

「だが、真田家はいま、松代《まつしろ》藩の領主では？」

と、佐平次はうっかり言ってしまった。ふつうの町人が、真田家がどこに転封《てんぽう》されたなどと知るわけがない。

「よく知っているな」

「あ、いや、たまたま」

「どうも、松代藩のほうも狙われているらしいのだ」

「………」

だが、妙な話である。

大目付は、いまや昔と違って、大名の動向を探り、謀反《むほん》の疑いがある藩はつぶすと

いった仕事はほとんどしていない。それよりは、幕府の儀式を行う際に、礼式に則《のっと》ってやれるかを監視するといった、行儀作法の先生みたいになっている。

むしろ、暇《ひま》な名誉職なのだ。

それをやるなら、お庭番のほうだろう。

だから、早坂は手柄を立てるというより、わけのわからぬ私怨を晴らす目的で動いているのか。あるいは、単なる高橋の思い込みではないのか。

「松代藩の用人に友だちがおってな、大目付は松代藩に対して、『穴のことで重大な疑いがある』と、言ったらしいのだ」

「穴の疑い？」

「穴の疑いとはなんだと思う？」

「あっしにわかるわけがありませんよ」

そう言いながらも、急に興味が湧いてきている。どうして、こうも、「穴」という言葉に弱いのだろう。

「この謎を解く仕事、引き受けてもらえぬか？」

高橋はすがるような目で言った。

五

佐平次はうんざりした気分で近くの湯屋にやって来た。

――しまったなあ。

高橋荘右衛門の依頼を引き受けてしまったのである。大目付がらみの仕事など、危ない目に遭《あ》うのはわかり切っている。それなのに、藩をつぶすほどの穴の謎というのに、釣られてしまった。越後大石堂の隠居の依頼も、まだ突き止めていないのだ。

どちらも、佐平次が穴を掘るのではなく、穴の正体を突き止めるというもので、いささか勝手が違う。

――加えて、お巳よのようすもなんとなくおかしいし……。

佐平次は、憂鬱《ゆううつ》な気分で裸になり、湯船に浸《つ》かった。

「おう、穴屋」

湯気の向こうで声がした。

「あ、北斎さん。来てたのですか」

「ずいぶん難しそうな顔をしてるじゃねえか」

「ま、おいらも気楽そうに見えて、いろいろ悩みはありますよ」

熱いのを我慢しながら、肩まで湯に浸かった。

「そりゃそうさ。そういうときは、ちっとでも気持ちいいことをして気を晴らしたほうがいい。湯なんざ、いまのおれにはいちばんだ」

北斎は湯船で気持ちよさそうにあくびをした。

「そんなに湯はいいですか」

「いまや、女より、湯のほうが気持ちがいい」

「そうなので」

佐平次も湯は確かに気持ちがいいが、そこまでではない。

「若いうちとは、慾《よく》の順番がずいぶん違ってくる。若いうちは、いちばんは女だよな」

「まあ、そうですかね」

佐平次の場合、穴を掘るのがいちばんである。二番目が女だが、人によっては似たようなものだと言うかもしれない。

「次は食い物の慾か？」

「逆かもしれませんよ。色気より食い気というのはいっぱいいますから」

「そうだな。それに眠りたいって慾も、若いうちは強いよな」

「強いですよ。え？　歳取ると、眠りたいと思わないんですか？」

「まったく思わねえとは言わないが、おれはただ眠るよりは、眠らずに町に出て、夜遊びしたいな」

「そりゃあ、北斎さんが特別でしょ」

「そうでもねえ。歳取ると、夜遊びの良さも沁《し》みてくるんだ」

「へえ」

「絵を描きたいってのは別だぞ。あれは、おれにとって天職だからな」

「あっしの穴もいっしょです」

「それを抜くと、いちばん気持ちいいのは湯、次が揉《も》み治療、三番目は夜遊びか。女や食い物はその次あたりだな」

と、北斎は自分の気持ちをまとめた。

「なるほどねえ」

うなずいたとき、

――あれ？　もしかして？

佐平次の脳裏に、信州大樽堂の穴のことが浮かんだ。あそこの隠居の宋右衛門も、北斎とは同じくらいの年代である。

「そうだ、風呂をつくったんだ！」

佐平次はつい、大声で言った。

六

佐平次は湯から出ると、すぐに横山町へ駆けた。

夕方の買い物で混雑する店のわきを抜け、裏手にある隠居家に、

「わかりました。風呂ですよ」

と、言って飛び込んだ。

隠居は、金魚の鉢に餌を入れているところだったが、

「あ、風呂か」

と、手を叩いた。

「大きくて深い風呂にするには、そんな湯船をつくるよりも、地面に穴を掘ったほうが、入りやすいものがつくれますぜ」

「そりゃそうだな」

「湯を溜《た》めるにも、掘ったやつのほうが都合がいいでしょう？」

「そりゃあ、ぜんぜん違うさ」

「風呂は身体《からだ》にいいですよね」

「そりゃそうさ。湯は薬みたいなもんだ。あの野郎、おれに内緒で、大きくて深い湯船にたっぷり湯を張って、毎日、ゆったりするつもりか」

「ん？」

ちゃぷちゃぷという音が聞こえた。

「いま、音がしてますよ」

壁に耳をあてた。

「ああ、いい湯だ。やっぱり、広くて、こうして首まで浸かれる湯がいちばんだ」

なんだか、聞こえよがし。

「糞っ。あいつにだけ、そんないい思いをさせてたまるか。穴屋さん、こっちにも大至急、穴を掘って、湯船をつくってもらえねえかい?」

「湯船を?」

「ああ。深くて、首まで浸かれるようなやつだ。それにしても、ずいぶん早くこさえたもんだな」

「そりゃあ、すでにできあがってるものがあるからですよ」

「できあがってるもの?」

「漬物を漬ける樽で、いちばん大きなやつはどれくらいあります?」

「いちばん大きいのは、酒蔵で酒をつくるくらい大きなものだ。あ、あの野郎。それを埋めたんだ」

「臭《にお》いの心配がありますがね」

「大丈夫だ。まだ、使っていないものがあるんだ」

「では、それを埋めることにしましょう」

佐平次は、鍬《くわ》を使って、凄《すさ》まじい勢いで庭の隅に穴を掘り始めた。

翌日の夕方――。

穴を掘り終え、それに手代たちにも手伝わせて、大きな漬物樽を入れた。一睡もしない徹夜仕事になった。

あとは、湯を沸かして入れるだけである。

湯を抜くときに苦労しないよう、周囲を完全に土でふさぐことはせず、梃子《てこ》の力で樽を傾《かたむ》けられるような工夫もした。

そこから先は、知ったことではない。もともと、こんな湯を庭先につくること自体、馬鹿げているのだ。

早く寝たくて長屋にもどると、お巳よももう寝ているではないか。

「お巳よ、どうしたんだ？」

「ああ、お前さん、昨夜は徹夜仕事だったのかい？」

「そうなんだ」

「あたしも昨夜遅く帰って、今日は起きる気になれず、ずっと寝てるんだよ」

「どうしたんだ、お巳よ？」

佐平次は、布団の隣に潜り込みながら訊いた。

「ここんとこ、仕事で苦労してるんだよ」

「お前がか？」

お巳よは、ヘビ使いとしても超一流である。仕事で苦労するなんて信じられないのだ。

「ヘビたちがなかなか言うことを聞かなくなっていてね。一から稽古のし直しをしなくちゃならなかったりするのさ」

「どうしたんだろうな」

「これは言いにくいんだけどさ。あたしが漬物を漬けたせいだと思うんだよ」

「漬物を？」

「そう。ぬかの臭いといったら強烈だろ。ヘビは耳もないし、目もよく見えない。いちばん鋭いのは臭いを嗅《か》ぐ力なんだ。ところが、あたしがぬか床をかき混ぜたりしたもんだから、ヘビの嗅覚もおかしくなっちまったみたいで」

「そうなのか」

「それで、この十日は自分で漬けるのは諦《あきら》め、横山町の漬物屋で買って来てたんだけどさ」

「そうだったのか」

佐平次は嬉しくなって、お巳よの頬を撫《な》でた。

「なんだい？」

「いや、そういう理由があればいいんだ。漬物なんか漬けなくていい。うまいものを売ってるんだから、買って来ればいいんだ。その分、お巳よはお巳よにしかできねえ仕事をやる。変に気持ちに負担かけさせちまって、すまなかったな」

「ううん。お前さんに喜んでもらえたら、あたしだって嬉しいよ」

「もう、可愛いやつだな」

佐平次は布団のなかでお巳よを思い切り抱き締めた。

「あ、お前さん。苦しいよ」

「だって、おいらはお前のことが愛《いと》しくてさ」

「わかった、わかった。息が詰まるよ」

お巳よがそう言ったとき、

「ん？　息が詰まる？」

佐平次は顔を上げた。

「どうしたの、お前さん？」

「しまった！」

「なにが?」

「別荘の土嚢は、そのままだった。あれは、すぐに持ち帰るつもりだったからだ。気持ちがいいと言った声は、なんかわざとらしかった。あれは、ほんとは湯になんか入っていないからだ」

「お前さん、なに言ってるんだよ」

「ちょっと出かけて来る!」

佐平次はふたたび横山町の越後大石堂に駆けつけた。

七

越後大石堂の離れには、ちょうど医者が来ていて、

「駄目です。ご臨終《りんじゅう》です」

と、告げたところだった。

――やっぱり、そうだったか。

風呂に入るのを止《や》めさせよう。あの肥った、赤ら顔の年寄りが、広くて深い湯船に

首まで浸かったりしたら……。そう思いながら、ここまで走って来たのだった。

だが、遅かった。風呂に浸かった大旦那は、湯船で卒中を起こして亡くなっていたのだった。


そのままお通夜《つや》がおこなわれることになった。

佐平次も、なにかの縁だからお通夜の席にはいようと、末席に着いていると、

「ああ、信州大樽堂さん」

という声がした。

「もう、いがみ合いもおしまいだよ」

そう言いながら、ひどく痩《や》せた年寄りが入って来た。

「宋右衛門さん。ずいぶんお痩せになって」

と、越後大石堂のいまのあるじが言った。

「そうなんだ。身体の調子が悪くてね」

宋右衛門はおぼつかない足取りで線香を手向《たむ》け、香典を手渡した。

「これは？」

越後大石堂のいまのあるじが、香典を受け取り、驚いた顔をした。重さから、よほど入っているのに気づいたらしい。

「なあに、又右衛門と長年、いがみ合ったお詫《わ》びだよ」

「それはお互いさまですよ」

「いいんだ、いいんだ。あの世であいつに恨まれると辛《つら》いからさ。もっとも、あたしももうじき行くんだがね」

そう言いながら、信州大樽堂の宋右衛門は、佐平次の隣に座った。

佐平次は軽く頭を下げ、小声で、

「宋右衛門さん、うまく仕掛けましたね」

と、言った。

「なにを？」

「風呂なんか庭に作っていませんよね？」

「あたしはこんな身体になった。風呂どころではないよ」

「では、なんのため、庭に穴なんか開けたりしたんです？」

「あれは、池でもつくって楽しもうかと」

「では、こっちに聞こえよがしに、いい湯だとか言ったのは？」

「言ったかなあ、そんなこと」

宋右衛門は、かなりしらばくれた爺《じい》さんらしい。

「だが、あっしは又右衛門さんも同じことをしたと思います。相手より、ちっとでも長生きをして、香典を届けたい、それが最後の生き甲斐《がい》でしたからね」

「ああ、又右衛門はそう思っていたかもしれないね」

宋右衛門は言った。

「入りもしない嘘の湯船。落とし穴みたいなものでしたね」

「ふっふっふ。うまいことを言う。あんたとは初めて会ったと思うが？」

「穴屋でございます」

佐平次はもう一度、頭を下げた。

「穴屋？」

「ええ。穴ならどんな穴でも開けるという商売をしてましてね。又右衛門さんから、隣が掘った穴はなんなのか、調べてくれと頼まれたんです。調べなくても、しょせん、宋右衛門さんはわからせてくれたんですよね」

「あっはっは。あたしの口から、うんとは言えないな」

「まあ、この激しい闘争心が、二つとも大店《おおだな》にのし上げたのでしょうから、あっしはどちらも責めたり、訴えたりはしませんよ」

佐平次はそう言った。

「ところで、越後大石堂さんや、信州大樽堂さんは、大名家とはあまり付き合いがないんですか？」

と、佐平次は訊いた。

「ないわけがない。又右衛門は越後出身だったから、越後の高田藩や村上藩と付き合いがあった。そして、あたしは信州出身なので、松代藩の真田さまに懇意《こんい》にしていただいてきたよ」

「松代藩！」

佐平次は思わず声を上げた。

「どうかしたかい？」

「いや、松代藩には穴の疑いがありましてね」

佐平次がそう言うと、

「え？　あんた、なぜ、六文銭の穴の謎を？」

宋右衛門が呻《うめ》いたかと思うと、ばたりと倒れたではないか。

「ううっ」

急に胸をかきむしり、ばたりと倒れたではないか。

「宋右衛門さん。どうなさった？」

周囲にいた者が、皆、宋右衛門を介抱する。

「医者だ、医者だ」

混雑し始めていたお通夜の席が、ますます慌ただしくなった。

「宋右衛門さんは、腹に腫物《はれもの》ができていて、いつ死んでもおかしくなかったんだよ」

そう言う声もした。

だが、佐平次の思いは違った。

――宋右衛門は驚いたのだ。おいらが松代藩の穴の謎の話を持ち出したことに。そして、驚きのあまり、六文銭の穴の謎と言ってしまったのだ。なんなのだ、六文銭の穴の謎というのは……。

佐平次の胸が、早鐘のように打ち始めていた。

第四話　アリさんからの依頼

一

「妙な夢を見たなあ」

昼寝から目を覚ますと、佐平次はいま外からもどったばかりらしいお巳よに言った。

「あたしがヘビになってた？」

お巳よは昼飯の支度を始めながら訊《き》いた。

佐平次も昼飯はまだである。腹が減っていたので、おかしな夢を見たのか。

「そんなんじゃない」

「お前さんがヘビになって、あたしが竜になってた？」

「そんなに面白い夢でもない。アリがおいらのところに来てね」

「アリって、あのアリさん？　黒くて、ちっちゃいアリさん？」

「そう。そのアリが、巣のことで頼みごとをしたんだよ。いままで通れた穴が通れなくなっているんだと。それで開けてもらえないかと言うんだ」

艶々《つやつや》した、なにやら色っぽいアリだった気がする。アリに雄雌《おすめす》があるなら、雌のアリだろう。

「へえ、面白いじゃないの。それで？」

「アリの依頼なんて珍しい。ああ、いいよ、やってやるよと。代金はあるとき払いの催促《さいそく》なしでいいだろうって、引き受けてしまったんだ」

「あら、そう」

「やけにはっきりした夢だった。なんで、あんな夢を見たんだろうな」

佐平次は縁側に出て、地面を眺めた。

夏の庭は草が伸び放題である。ときどきお巳よがヘビたちを遊ばせるので、草はむしらずにいる。

「夢の約束か。なんか、そういうのって馬鹿にしちゃいけない気がするよ」

と、お巳よは言った。

あっという間に昼飯の支度ができていた。支度といっても、茶漬けにするだけだから、お碗に飯を盛り、上に載《の》せる佃煮《つくだに》と、湯を置いただけである。

お巳よはこのほかに、脱皮したヘビの皮を、細かく刻んだやつを、海苔《のり》みたいにして載せる。

「だよな」

佐平次もそんな気がしている。

「夢のお告げってのがあるよね。夢の約束もあるんだよ」

お巳よは茶漬けをさらさらとかっ込みながら言った。

ヘビの皮も口のなかに消えて行く。あんなものを食べて、そのうち自分も脱皮したりしないのだろうか。いや、もしかしたらすでに、ときどき脱皮しているのかもしれない。だから、お巳よは肌がきれいなのか。

「そうだよな」

と、佐平次はうなずいた。

夢の約束。ほんとに大事にしないといけないかもしれない。

「でも、アリってなんだろうね」

たちまち茶漬けを食べ終えて、お巳よは言った。

「ほんとのアリか？　そこらに来てるのかな」

佐平次は、茶漬けを食べながら、さっきから庭を見ているが、アリの姿は見つからない。草をかき分ければいるのかもしれないが、まさかほんとのアリが、佐平次の耳元で囁《ささや》いたわけではないだろう。

「ほんとのアリじゃなくて、ほら、アリがつく名前の人なんじゃないの？　有馬とか、有田とかいるじゃない？」

と、お巳よは言った。

「ああ、なるほど。でも、おいらの知っているやつには、そういう名前はないなあ」

「これから来るのかもよ」

「そういうやつが依頼に来たら、かならず引き受けるか」

「そうだよ」

「あ、それか、地名かもな。荒川を越えたところに、たしか亀有《かめあり》村ってのがあったな」

「あ、そうか。あるある、お前さん、おありもあるじゃないか」

「おあり?」

「ほら、おあり名古屋は城で持つとか言うだろ」

「あれは、尾張《おわり》だぞ」

「あ、そうだっけ。あっはっは」

お巳よは自分の間違いに面白そうに笑った。失敗しても悪びれたりしないのも、お巳よのいいところなのだ。

「ふだんの依頼だったら、かならず後をつけるんだけど、今度のは無理だしな」

「もう一回、寝てみたら?」

お巳よはぽんと手を打って言った。

「なんでだよ?」

「アリたちが帰って行くところに間に合うかも。そしたら、夢のなかで後をつければいいじゃないの」

「夢なんざ、そう都合よく見られるもんか」

だいいち、たっぷり寝たので、もう眠る気はしない。

「じゃあ、どうすんのさ?」

「どうしようか……」

この十日ほど、佐平次は暇にしている。が、しばらくいい稼ぎの仕事がつづいたので、暮らしの心配はない。

金使いの荒いお巳よも、このところは言うことを聞かなくなったヘビたちの猛特訓で、散財する暇もない。

六文銭の穴の謎について依頼は受けているが、なにせ相手は大目付と大名のことで下手な突っ込み方はできない。もっぱら、『穴学大全』を書くために集めた史料を当たっているが、これぞという話は見つかっていない。

「こういうときは、町をぶらぶらしてみるのがいいんだよな」

「そうだよ。そう、おしよ」

アリの依頼と六文銭の謎を胸に、佐平次は両国界隈《かいわい》を歩いてみることにした。

二

弓なりになった両国橋の、いちばん高いところまで行って、振り返って東詰の広小路を眺めると、まさに人はアリの群れのようである。

あの群衆が、佐平次に依頼に来るというのか。

「幕府のどてっ腹に風穴を開けてください」と。

それじゃ、依頼ではなく一揆《いっき》だろう。

それにしても、これだけの人間が、曲りなりにも自分の巣穴を持っている。このようすを天から眺めたら、どんな感じなのだろう。

絢爛《けんらん》たる巣穴から、みすぼらしい巣穴まで、人間の巣穴は差があり過ぎではないのか。北斎から借りて読んだ平賀源内《ひらがげんない》の『放屁論《ほうひろん》』を思い出す。あれは、放屁にかこつけて、人間は皆、同じだということを説いていた。

その感想を伝えると、

「そういうこと。富士に登っても、それがわかるぜ。おれは、人々を富士に登らせるために、富士を描きたいのさ」

と、北斎はにやりと笑って言った。

両国橋の真ん中からもどって、東詰の広小路の雑踏を進むと、大きな薬種問屋があった。

ふと気になって、

「ちっと、ごめんよ」

「へえ」

「もしかして、アリは薬になるもんなのかい？」

と、店の前にいた手代に訊いた。

「ええ。薬ですよ」

「やっぱり」

薬というのは、穴と同じくらい奥が深い。ほとんどありとあらゆるものが、使いようによっては薬になるのだ。要は、その組み合わせとか、あるいは使う人間との相性だったりする。

「見るからに薬でしょ。ゴマにも似てるし」

と、手代は自慢げに言った。

「なんに効《き》くんだい？」

「小便が甘い匂いがして、痩《や》せてきたりする人に効きます。それと、よく風邪《かぜ》をひく人なんかに処方することもありますよ」

「捕まえて、すりつぶして、煮出したりするのかい？」

「いいえ、いったん熱湯で湯がいてから、酒に漬けておくんです」

「ははあ」

アリ酒というのは聞いたことがある。

だが、アリが夢に出て来て、酒を勧めるなんてことはないだろう。

「お買い求めになりますか？」

番頭が出して来そうになるので、

「いや、いいんだ。ちょっと訊いてみただけだよ」

と、慌てて逃げ出した。

切羽詰まった依頼ということから、病《やまい》に連想が働いたらしい。ちょっと横道に逸《そ》れてしまった。

歩くうちに佐平次は、そういえばアリの巣穴のことは、いままで観察したことも、調べたこともないのに気がついた。

もぐらの穴はあるが、アリはない。アリはどうやって、穴を掘るのか。アリの穴のなかは、ハチの巣のようになっているのか。そんなことも知らない。『穴学大全』に、アリの巣穴の項目がなかったら駄目だろう。

まずはじっさいに見てみようと、坂や崖になっているところを探した。だが、本所のほうは、台地の本郷だの上野だのと違って、坂や崖はほとんどない。ようやく、大川の土手のところに、土が剝《む》き出しになったわずかな傾斜地を見つけた。

稲の葉に似た雑草をそっと根っこごと引き抜くと、すぐにアリの巣を見つけた。アリも、黒いのから、茶色いの、白いのと、色もさまざまだし、大きさもいろいろである。これは、中くらいの大きさの、真っ黒いアリだった。

「悪いな。ちっと家のなかを見せてもらうぜ」

そう断わって、いつも持ち歩いている穴掘りの道具から、鑿《のみ》を取り出し、穴の周囲から掘り始めた。

一尺ほど縦に掘ってから、丁寧に削《けず》りつつ、巣穴を横から眺めていく。

すると、想像したよりずっと深く、ほうぼうに横へ延びて、まるで土のなかに木が枝葉を伸ばしていくように、複雑な穴になっていることがわかった。どうやら人に嚙《か》みついたりするあの口で、ちょっとずつ土を削り、外に出していくらしい。アリは膨大な数がいるけれど、大勢でなければできない大工事である。

「これは凄《すご》い」

地面に見えている穴からは、とても想像ができない。

ところどころに部屋のようにふくらんだところがあり、じっさい部屋として使っているのだ。そこは、子どもばかりがいる部屋だったり、食いものを貯《た》める倉庫みたいだったりするらしい。

アリのほうは、住まいのわきの壁をいきなり崩されて、大慌てである。

「てめえ、なに、すんだよ」

「やめてください、お願いします」

といった声が、聞こえてくる気がする。

「ところで、あんたたちの仲間で、おれになにか依頼をしたのがいるんだけど、知らないか？」

言葉は伝わらなくても、気持ちでなにか伝わるかもしれないので、いちおう訊いてみた。だが、返事はない。あるいは、返事はしているが、身体《からだ》同様、声も小さいので、聞こえないだけかもしれない。その返事はおそらく、

「知らねえよ。それより、おれたちの家になんてことしやがるんだ」

というものだろう。

「すまん、すまん。元のようにはならないけど、埋めもどしておくぜ」

佐平次は、お詫《わ》びに煮干し五、六匹と、大粒の飴玉《あめだま》三個を買って来て、巣穴のわきに置いて帰った。

三

――収穫はなかったなあ。

期待が外れ、少しがっかりしながら夜鳴長屋にもどって来たところで、御免屋とばったり出会った。

「相変わらず忙しそうだね」

と、佐平次は声をかけた。

この長屋は、皆、商売繁盛しているが、なかでもいちばん忙しいのは、御免屋ではないか。江戸にはよくよく謝ってもらいたいできごとが起きるものらしい。

「おかげさまでね」

「御免屋さんも、大変な仕事だよなあ」

「なあに、基本は平身低頭するだけさ。穴屋さんみたいに、それほど面倒な技術がいるわけじゃない」

「そんなことはない。技術に頼るほうがずっと楽なんだぜ。謝る方法は、相手や怒りの原因によって千差万別だろう。恐ろしく頭を使う仕事だと思うぜ」

「そんなに褒《ほ》められたら、穴があったら入りたいよ」

「掘るかい？」

「あっはっは。じつは穴があったら入れたい口でね」

「なるほど」

御免屋は、美男とは言い難いが、誠実そうに見えるので、女にはもてるのではないか。

「じつは、あっしにとっては、謝るのは生き甲斐《がい》でね」

と、御免屋は頭を掻《か》きながら言った。

「へえ、生き甲斐かい」

「あっしがうまく謝れば、この世から争いが減るんだと思えばね」

「たしかに」

「謝るのはけっして嫌じゃないのさ。もしかしたら、天があっしに与えてくれた仕事かもしれない」

「そりゃあ、おいらもいっしょだ。穴を開けるのは、おいらの天職だと思ってる」

「だいたい、人間なんて、穴から生まれて、穴に帰るんだろ」

と、御免屋は言った。

「言われてみれば、まったくだ」

「天職にしてもなんの不思議はないさ」

咄嗟《とっさ》の機知だろうが、言葉を商売にしているだけあって、さすがにいいことを言ってくれる。

「そういえば、吉原のもめごとで苦労してるって話はどうなった？」

と、佐平次は訊いた。

数日前に、ちらっとだけ聞いたのである。なじみにしている花魁《おいらん》のことで相談を受けているのだと。

「それなんだ。今日もそれで依頼人と話をしたんだけど、もしかしたら穴屋さんに仕事を頼むことになるかもしれねえ」

「御免屋さんの仕事なら、なんだってやるさ」

「じゃあ、やるとなったらまた」

そう言って、御免屋は出かけて行った。


御免屋が佐平次の家に顔を出したのは、その晩のことだった。

「穴屋さん、昼間はどうも」

「よお、御免屋さん」

「じつは、やっぱり仕事を頼もうと思ってね」

「どうぞ、どうぞ。入ってくんな」

お巳よが御免屋に座布団を差し出し、自分は仕事には口を挟まないというように、奥の間に移った。

「じつは例の吉原から落籍《らくせき》された花菱《はなびし》という名の花魁の話なんだが、その旦那が吉原で話していたのと、じっさいに妾《めかけ》で家に入ってみたのと、ずいぶん実情は違うらしいんだ」

「ははあ」

よく聞く話ではある。

落籍する側は、迎え入れたい一心で、飾り立てたようなことを言うのは、いちおう人情だろう。花魁も、そこらのことは多少、覚悟して出て来るはずである。

「商売は卵焼き屋って言ってたらしいんだが、卵焼きも売ってはいるけど、それはほんの一部で、じっさいは卵屋らしいんだ」

「どこが違うんだい？」

と、佐平次は訊いた。

「誰だってそう思うよな。それが大違いなんだと。卵屋はニワトリに卵を産ませて、それを集めて売るのが仕事なんだ。つまり、仕事場も兼ねた家には、ニワトリがおよそ三千羽ほどいるらしいんだよ」

「ニワトリが三千羽？」

ちょっと想像がつかない。「花魁と寝る朝に限って　性悪カラスが鳴きわめく」なんて都々逸《どどいつ》があるけれど、カラスだって三千羽も集めるのは容易なことではないだろう。

「それで妾になって家をやると言われてたが、家と店があって、その裏に広大なニワトリの牧場みたいなやつを挟んで小屋がある。それが妾の家だってんだ」

「なるほど」

「ニワトリの臭《にお》いはひどいわ、羽根は飛んで来るわ、小屋と間違えて入って来ようとするのもいるわ」

「だろうな」

「いちばん大変なのは、夜明けのニワトリの鳴き声だと」

「三千羽の？」

「そう。吉原から出たら、ゆっくり朝寝をするのが夢だったんだと。それが毎朝、ニワトリの鳴き声で暗いうちから起こされるらしい」

「そりゃあ可哀《かわい》そうだ」

「花菱も耐え切れず、吉原の元の妓楼《ぎろう》のあるじに泣きつき、金を返して、あたしをもう一度、なかに入れてくれと頼んだそうだ」

「へえ」

「楼主は、売れっ子がもどるなら、それでいいと。だが、卵屋の旦那は聞かない。それであっしがあいだに入ることになったわけ」

「そうだったんだ」

　まったくいろんな依頼があるものである。

　御免屋の仕事も詳《くわ》しく聞いたら、穴屋並みに面白いかもしれない。

「だが、卵屋のほうも意固地になって嫌だと」

「そうなるだろうな」

「あっしのほうは、当然、依頼主にそって、解決策を考える」

「そりゃそうだ」

「卵屋は相当無理をして金子《きんす》を用意し、落籍したのだろうから、店の経営が危なくなれば、女をまたもどすしかないだろうと」

「なるほど」

「それで、卵屋の商売を詳しく探ってみると、この卵屋はいつも新鮮で活きのいい卵を、三日に一度、二十個ずつ築地にある土佐藩邸に納めているのがわかった。どうやら、病気がちのお姫さまに食べさせているらしいんだ」

「大名じゃなきゃできないな」

　と、佐平次は言った。

なにせ江戸では卵は高価である。一個、二十文《もん》ほどはする。庶民は毎日など食べられない。

「この卵に、外側からわからないように穴を開け、なかの黄身を潰《つぶ》し、悪くなったように見せるなんてことはできないかと、そう思ったわけさ」

「すると、腐《くさ》った卵を持って来たと、土佐藩のお姫さまに叱《しか》られるわけだ」

「叱られるどころか、まあ、かなりの賠償金をふんだくられるだろうな」

「それで、卵屋は花菱の落籍に使った金が要《い》り用になる」

「そういうこと」

御免屋は大きくうなずいた。

「いい策だねえ」

「穴屋さんのことが頭にあったから思いついたのさ」

「嬉《うれ》しいねえ」

「どうだい？」

「もちろんやれるさ」

佐平次は二つ返事で引き受けた。

四

翌朝――。

やって来た弟子の孝助に、依頼の中身のことを話すと、

「ゆで卵ならともかく、生卵に針で穴を開けられるんですか？」

と、不思議そうに訊いた。

「おれに開けられない穴はない」

「そんな穴を開けたら、黄身がつぶれたりしますよね」

「そうさせたいのさ」

「なるほど。でも、どうやって？」

「とにかく細い針を使う。まあ、見てなって」

佐平次はそう言って、棚にしつらえた引き出しから、もともと道具の一つとして持っていた鋼《はがね》の針を数本、取り出した。縫《ぬ》い針くらいの細さだが、長さは一尺ほどある。持つところがあるので、うなぎを捌《さば》くときに使う目打ちを細くしたみたいである。

「これを磨《みが》いて、さらに細くするぜ」

「もう充分、細い気がしますが」

「いや、これでは殻《から》が割れるという心配が大きいのさ」

佐平次はそう言って、砥石《といし》を使い、鋼の針を丁寧に磨いて、細くしていく。町内を一回りするくらいのあいだ磨きつづけて、

「これくらいかな」

と、かざすようにすると、

「ひぇえ、まるで蜘蛛《くも》の糸ですね」

孝助は目を瞠《みは》った。

「ああ。これで卵に穴を開けてみようか」

台所にあった卵を持って来て、すばやく突き刺した。殻は割れないが、針は突き刺さっている。抜いたあとで穴を確かめるが、ほとんどわからない。

「じゃあ、割ってみるぜ」

卵を割って、椀に落とした。

「あ、黄身が」

黄身が崩れ、白身のなかに滲《にじ》み出ている。病人が見たら、さぞや不吉な感じを抱《いだ》くだろう。

「どうだ？」

「なんか気持ち悪いですね。腐ってるんじゃないかって思いますよ」

「だろう？」

自慢げに言ったが、思いついたのは御免屋である。

「難しいですか？」

「ああ、大事なのは早く引くことだな」

と、佐平次は教示した。

「引くことですか？」

「なぜかわかるか？」

「相手が動いたりしてると、早く引かないと殻が割れてしまいますね」

「そういうこと。ただし、言うは易《やす》しだが、行うは難《かた》しだ」

孝助に稽古をさせることにした。うまくやれるようなら、本番のとき、一個か二個、やらせてみてもいい。

半刻《はんとき》ほど稽古をすると、置いてある卵は、孝助にもできるようになった。だが、じっさいには卵を持ち歩いているところを狙わなければならないかもしれない。

「本番はもう少し修業してからだな」

「はい。頑張ります」

「今回は、おれがやるところを、よく見ておくんだぜ」

五

その翌日――。

卵の穴開け、決行の日である。

卵屋は、深川の奥に家とニワトリの牧場を持っていた。さすがに江戸市中には、ニワトリ三千羽を飼育するような場所はつくれない。

畑の真ん中にあるが、それでも近くの百姓たちからは「臭い」と文句を言われたりしているらしい。

花魁が嫌がったという家は、新しいし、なかなかこじゃれている。ただ、窓から見える景色がニワトリ一色というのには、やはりつらいものがあるかもしれない。吉原の景色のほうが、まだ見ごたえがあるだろう。

明け六つから半刻ほどして、その家から、卵屋のあるじが竹籠《たけかご》を大事そうに抱えて出て来た。

産みたての卵のなかから、いちばん大きめのいい卵を揃えたのだろう。籠の底に綿を敷き、さらに一つずつくるむように入れているらしい。

佐平次は孝助といっしょにあとをつけ始めた。

木場のなかを通り、富岡八幡宮《とみおかはちまんぐう》の門前を抜け、永代橋を渡る。

孝助は目立たないので、すぐ後ろを歩いている。佐平次はそれより後ろにいて、機会を見つけたらいっきに近づくつもりである。

卵屋は、五十半《なか》ばになっているだろうに、かなりの速足である。

あれだけ速く歩かれると、なかなか刺すことができない。

――まいったな。

佐平次は舌打ちした。

途中、卵屋の真後ろにいた孝助が来て、

「なかなか隙《すき》がありませんね」

と、言った。

「ああ、なんか気を取られるようなことが起きるといいが、ま、最悪、藩邸の門番のところで止められたところを狙うさ」

「それは、悟《さと》られやすいですよ。おいらにやらせてください」

「なにするんだ？」

「お師匠さまに教えたら、止められます」

孝助は悪戯《いたずら》っぽく笑って、卵屋の後ろにもどった。

築地川の軽子橋《かるこばし》に差しかかった。土佐藩邸はまもなくである。

孝助の歩みが、すっと遅くなった。

逆に佐平次は、卵屋に並びかけるため、孝助を追い抜いた。

その途端、
どぼん。

と、大きな水音がした。

「た、助けて」

孝助は落ちたふりをして、自分で飛び込んだのだ。

「あっぷ、あっぷ」

水を飲んだり、吐き出したりしている。だが、あれは溺《おぼ》れるふりである。

孝助は、泳ぎが達者なのだ。

――孝助のやつ……。

卵屋のあるじは、自分で助ける気はないが、軽子橋の上から身を乗り出し、

「おい、助けてやれ」

近くにいた船頭に怒鳴ったりしている。

せっかく孝助がつくってくれた機会を、見逃してはいけない。

佐平次はすばやくそばに寄ると、川をのぞくために左手一本でぶら下げた竹籠のなかの卵二十個をあっという間に、貫《つらぬ》いていった……。

六

それから二日ほどして、

「どうにか決着はついたよ」

と、御免屋が顔を出した。

「目論見《もくろみ》どおりかい？」

「ああ。土佐藩のお姫さまは激怒して卯屋を呼びつけたよ。卯屋がおったまげて、旧知のあっしに詫びを入れてくれと。そこであいだに入り、示談金百両で話をつけた」

「百両というと？」

「そう。花魁の落籍料といっしょ。それからあっしは、花魁を連れてなかへもどしてやった」

「たいしたもんだ」

「これは、穴屋さんの仕事代」

と、御免屋は十両を差し出した。

「同じ長屋の住人同士だ、半分にまけとくよ」

「そうはいかない。あんたが頼むことだってあるかもしれないんだから」

「まったくだ」

と、佐平次は十両を頂戴《ちょうだい》した。

「ただ、話はこれで終わらない」

御免屋が言った。

「え？」

「じつは、面倒な仕事もうまくいったし、金もある程度貯まったんで、ここで嫁をもらおうと思ってさ」

「へえ、御免屋さんもいよいよか」

「穴屋さんとこに当てられちまって、あっしも一人暮らしは寂しいなって」

「そうだよ。気持ちのやさしい女でも見つかったのかい？」

佐平次が訊《たず》ねると、

「やさしい女？　それはこっちからお断わりだよ」

御免屋は手をひらひらさせた。

「そうなの？」

「毎日、朝からあっしのほうが、ぺこぺこ謝らなくちゃならないような、高飛車な女が好きなのさ」

「商売でも謝っているのに、家でも謝りたいのかい？」

佐平次は呆《あき》れて訊いた。

「だから、あっしはそれが好きなんだろうねえ」

「好みもいろいろだねえ」

人の心の奥深さに、穴屋の佐平次も感心しきりである。

それから佐平次は、麴町《こうじまち》にある知り合いの鍛冶屋《かじや》まで用足しに行ったのだが、その帰りに、ぞろぞろとつづく大名行列を目の当たりにした。

江戸では、大名行列に土下座をするような者はいない。ちょっと道の端に寄り、黙って通り過ぎるのを待つだけである。

佐平次もそうしながら、

――これは、まさにアリの行列だぜ。

と、思った。

「下にぃ、下にぃ」

槍持ちだのが威張《いば》りくさって通り過ぎる。

――え？

なんと、駕籠《かご》には六文銭の紋が入っているではないか。

松代藩の殿さまが、国許《くにもと》から帰って来たのだ。

——これか……。

と、佐平次は思った。夢のお告げはこれだったのかと。

つい嬉しくなって、

「もし……」

佐平次は、駕籠のあとを歩いていた気のよさそうな武士に声をかけた。

「なんじゃな？」

「あっしは、穴屋という商売をしていまして」

「穴屋？」

「穴ならどんな穴でも開けるという商売なのです。じつは、最近、夢のお告げがありまして、こちらの家でなにか穴に関する仕事の依頼があると」

「ちょっと待て」

武士は、駕籠のところに行き、なにか相談して来た。駕籠のなかにいるのは、もちろん松代藩の藩主である。

武士はこっちにもどって来ると、

「わかった。では、明日、愛宕下《あたごした》の中屋敷のほうに、わしを訪《たず》ねて来てくれ。わしの名は、雨宮帯刀《あめみやたてわき》」

「承知しました」

佐平次はいったん行列を見送ると、急いでその後をつけた。念のためである。

行列は、新《あたら》シ橋《ばし》前の上屋敷に入って行った。

七

翌日――。

「穴屋さん。あっしの嫁を紹介させてください」

御免屋が女を連れて来た。

「あ、どうも」

女はひどく背が高い。御免屋より三寸はゆうに高いだろう。きれいな女である。ただ、小股《こまた》の切れ上がったいい女とは言うが、切れ上がり過ぎて、刃物みたいな怖《こわ》いきれいさになっている。

「吉原で花魁をしてた花菱こと、お花というんだ」

と、御免屋は言った。

「花菱？　あの？」

卵屋の騒ぎのもとになっていた花魁が花菱という名ではなかったか。

「そういうこと」

「なんだ、そうだったのか」

すったもんだを解決しているうち、お互い情が移ってしまったのかもしれない。佐平次とお巳よにもそんなことがあった。

「穴屋さん？　変わったご商売ですのね」

お花は、看板を見ながら言った。

「そうですね」

佐平次がうなずくと、

「でも、人間、穴から生まれて、穴に帰るんだからな」

と、御免屋がわきから言った。この言い回しは、御免屋も気に入ったらしい。

「まあ、ほんとにね」

「それで、そっちが、穴屋さんの女房で、ヘビ屋をしているお巳よさんの家だよ」

と、御免屋はお巳よの家を指差した。

お巳よは朝早く出かけたので、いまはいない。

「ヘビ屋って？」

お花は急に不安そうな顔になった。

「いろんなヘビ、ありとあらゆるヘビを売っているのさ」

「嫌だあ、あたし、ヘビ、大っ嫌いなのよ」

と、お花は思い切り顔をしかめた。

「え、でも、そっちに行ったりはしませんぜ」

佐平次は慌てて弁解した。

じつは嘘《うそ》である。しょっちゅう逃げ出して、路地だの井戸端だのをうろうろしている。ときどき、御免屋の家にも入り込んだりしている。

「駄目。あちきは、ヘビがいるところは、十間《じっけん》離れてたって駄目でありんす」

「そういうなよ、お花」

「嫌でありんす！」

ありんす。独特の吉原言葉である。

全国から買われて来る花魁たちが、お国訛《なま》りで馬鹿にされたりしないためにつくり出された言い回しなのだ。なになにです、なになにでございます、と言うところを、なになにでありんす、と言う。

御免屋がぺこぺこ謝り出すのを見ながら、佐平次は別のことを考えていた。

――アリの巣は、ありんす？

アリの夢を見たときも、この花魁は御免屋に相談に来ていたはずである。それが昼寝をしていた佐平次の耳に入っていたのではないか。

そのときも、こんな物言いをしていたのだろう。キンキン声で、いかにも高飛車で、耳障《みみざわ》りな言い方だった。

――アリの巣の夢はこれか。

佐平次はやっと、妙な夢の正体を察したのである。これが夢の中ではアリの姿になって、巣穴の相談をしてきたのだろう。

だが、御免屋の新しい女房は、すっかりおかんむりで、

「こんなところに住むのは、嫌でありんす」

「だが、あっしはずっとここで商売をして来たんだから」

「悪いけど、また、吉原にもどらせてもらいます」

「そんなあ」

「落籍代はあとで届けさせますから」

御免屋の落胆をよそに、お花はさっさといなくなってしまった。


佐平次も不安になってきた。

――あのお花がアリの巣の夢の正体だとすると、松代藩の大名行列はなんの関係もなかったのか？

もしかしたら、余計なことをしてしまったのかもしれない。

そう思ったとき、

「お、昨日の穴屋。迎えに来たぞ？」

「あ」

なんと松代藩の雨宮帯刀が訪ねて来たではないか。家来も三人ほどいっしょである。

　今日、こっちから、愛宕下の藩邸を訪ねるはずだったので、

「よくここがおわかりに？」

　と、佐平次は訊いた。こっちの住まいは伝えていないのだ。

「うむ。なぜ、穴のことを知ったのか、奇妙なので、後をつけさせてもらった」

「そうなので」

　佐平次は元お庭番である。それが、尾行に気づかなかったのだ。おそらく真田《さなだ》家の忍者の仕事だろう。しかも、かなりの腕利きに違いない。

　背筋が寒くなった。

「さあ、いっしょに中屋敷へ参れ。ちと、長い滞在になるか……」

　その後の言葉は、声にはならなかったが、

「あるいは、もどることはないか……」

　と、言ったのだ。

　どうやらこっちは、ヤブヘビになったようだった。

第五話　水芸は恨み溢《あふ》れて

一

穴屋の佐平次は、松代藩の用人・雨宮帯刀と、三人の家来とともに、愛宕下の中屋敷に向かっている。もしかしたら、このまま拉致《らち》されることになるのか。

家来三人のうち、腕が立ちそうなのは、一人だけである。昨日、佐平次の後をつけて来たのは、この男かもしれない。いま思えば、なんとなく見覚えがある。

——これなら、たぶん屋敷に入る前に逃げることもできる。

だが、逃げたあとが面倒になる。なにせ居場所が知られているのだ。いまのまま、どうにか切り抜けるしかない。

「いやはや立派なお屋敷で」

と、調子のいいことを言いながら、中屋敷に入った。

立派だなどと世辞は言ったが、ぜんぜん、そんなことはない。敷地の広さは七百坪ほどか。知行千石くらいの旗本でも、これくらいの屋敷はもらっている。

ただ、ここから新シ橋たもとの上屋敷まではせいぜい四、五町ほどで、用向きにはかなり便利である。むしろ江戸表《えどおもて》の雑務は、こちらで処理しているのかもしれない。

用人の部屋に入れられると、さっそく、

「そなた、当家に穴に関する秘密があると、誰に聞いた？」

雨宮は厳しい口調で訊《き》いた。

「雨宮さまは、信州上田藩の高橋荘右衛門さまをご存じですか？」

「うむ。わしの古い友人だ」

「なにかお聞きになっていませんか？」

「いや。だいたいわしは、昨日、一年ぶりに国許《くにもと》からもどったばかりだからな」

たしかにそうである。高橋も、もどったときに話すつもりだったかもしれない。

「では、高橋さまからお聞きしたほうが」

佐平次のほうからは、うっかりしたことは言わないほうがいい。

「高橋がそなたに話したというのか？」

「あっしの口から、なんとも……」

口を濁《にご》すしかない。

「わかった。高橋を呼ぼう」

半刻《はんとき》ほど待たされて、

「雨宮、久しぶりだな」

と、高橋荘右衛門が入って来た。

「なんだ、穴屋もいたのか」

と言うのを聞き、

「うむ。怪しいやつではないらしいな」

雨宮も一安心したらしい。

「じつは、この穴屋というのは、穴のことならなんでも解決できるという男でな」

「ほう」

「わしも、真田家とは浅からぬ縁があるし」

「うむ。そなたの先祖も真田家の家臣だしな」

ということは――。

上田あたりの地侍《じざむらい》で、松代には付いて行かなかった口なのだろう。

「それで、例の件も解決してくれるかもと思ったのさ」

「なるほど」

と、雨宮もいったんはうなずいたが、

「しかし、ことはきわめて重要だしな」

やっぱりためらう気配である。

「では、こうしてはどうだ」

高橋は耳打ちした。

「うむ、うむ、そうだな」

結局、佐平次に依頼することになったらしい。

高橋が帰ると、

「じつは、穴屋」

と、雨宮は改めて佐平次を見た。

「これは藩士でも一部の者しか知らぬことだが、当藩には六文銭の穴についての秘密がある。それは、当家の家宝に関することだ。ただ、それを隠した場所がわからなくなっている。そして、六文銭の穴がその隠し場所を探る手がかりだというのだ」

「六文銭の穴が？」

「さよう。手がかりはそれだけ。本来は、もう少し説明されていたらしいが、何代か前に当時の家老が失念し、以来、まったくわからなくなった」

「ははあ」

失念とはいうが、急な中風かなんかで、思い出せなくなったのかもしれない。

「どうだ、六文銭の穴という手がかりだけで、隠し場所は見つかるか？」

「それはやってみないと」

「だろうな」

「まずは、お屋敷をじっくり眺めさせていただきたいですな」

「うむ。もし、隠すなら、ここではないと思う」

「ははあ」

「なにせ、ここは狭いのでな」

「狭いですか？」

どれだけ大きな宝なのか。

「たぶん、上屋敷ではないかと思うのだ」

それならと、中屋敷から、新シ橋たもとの上屋敷に移ることにした。

「泊まり込むか？　それとも通うか？」

歩きながら雨宮は訊いた。

「夜はやっぱり慣れたふとんと女房のわきで眠りたいので、通いにしてください」

「そうだろうな」

「それと、雑用を言いつけるのに、まだ子どもなんですが、あっしの弟子も連れて来たいのですが」

「わかった。では、雨どいの修理で来てもらったということにするか」

「雨どいですか」

「修理はやれるか？」

「もちろんです」

雨どいなら、竹筒も使うし、屋根にも上ったりするだろうから、むしろ都合がいいかもしれない。

「呼び名は、嘘《うそ》の名を呼んでもわからなくなるだろうから、穴屋でいいだろう」

「そうですね」

すぐに上屋敷の前に来た。

「ここだ」

表門のわきから、雨宮につづいてなかへ入った。

――ああ……。

佐平次はふいに、懐《なつ》かしい気持ちに襲われた。

――ここは初めてではない。

佐平次がまだお庭番見習いだったころ、先輩とともにここへ忍び込んだ。

そのときは「謀反《むほん》の意志を探る」と言われたのだった。

二

佐平次の脳裏に、まだ十六、七だった見習いのころが浮かび上がって来た。

若い日といっても、けっして見映えのいいものではなかった。佐平次――当時の名は、倉地朔之進といったが――は下総《しもうさ》の百姓で、下肥《しもごえ》の汲《く》み取りのため、やって来たという体《てい》で、この屋敷に潜入した。

佐平次がついた隊は、見習いは全員、およそ一年は下肥の汲み取りをするというのが、鉄則だった。だから、毎日毎日、いろんな大名屋敷に、下肥の汲み取りで入ったものである。

佐平次と同じ時期に見習いになったのは五人いたが、そのうちの一人はとても耐えられないと、半年ほどして首をくって死んだ。

また、これをつづけると、一年で二貫（約七・五キロ）から三貫（約十二キロ）は痩《や》せるといわれ、現に佐平次以外の三人は、それくらい痩せた。だが、佐平次は不思議なことに一年で四貫（約十五キロ）ほど肥《ふと》った。そのため、

「朔之進はうんこ食い」

などと、ひどい苛《いじ》めに遭《あ》ったものである。

佐平次は、けっして有能な見習いでもなかったし、その後、一人前として働き出しても、優秀なお庭番とはとても言えなかった。

だが、穴に関して卓越した技を発揮したため、なんども手柄を立て、見習い時代に苛めたやつらを、ずいぶん見返すことになった。

同僚たちも、その後はひどいことになった。

一人は、長州に潜入したあと三年ほどして、萩《はぎ》の町で辻斬《つじぎ》りに遭って死んだ。辻斬りとされたが、そんなはずはない。身元が割れて、始末されたのだ。享年二十三。

もう一人は、なにがあったのか、佐平次たちには教えていないが、潜入先の家老の娘と駆け落ちし、京都に逐電した。その後、京都で板前になっていたらしいが、誤って自分で包丁で胸を刺し、亡くなった。どこに、自分の包丁で間違えて胸を刺す板前がいるだろうか。

お庭番が粛清したに決まっている。享年は二十六。

そして、もう一人の田山銀五郎《たやまぎんごろう》だけが、どうにか生き残って、お庭番をしているはずである。

松代藩を探ったのは、その見習いのときの数日間だけで、一人前になってからは担当していなかった。

お庭番では、謀反の疑いがある藩に対しては、星三つの数で評価していたが、松代藩は堂々の星一つ（当然、星は少ないほうが立派なのだ）。すなわち、ほとんど警戒の対象にはなっていなかった。

しかも、この屋敷は、お庭番の第二御用屋敷の真裏に当たるのである。

いくらなんでも、ここで謀反は企てられない——お庭番側では、そう踏んでいたのだった。

三

とりあえず、雨宮が敷地内をざっと案内してくれた。

敷地全体はおよそ五千坪。だが、上屋敷だけあって、建物は大きく、藩士が寝泊まりする長屋などもある。

建物がないところは、小さな馬場も入れて、二千坪足らずといったところだろう。大名庭園のようなものはなく、庭の隅に背丈のある樹が植えられ、あとは芝生になっていた。

「お宝は大きいのですか？」

と、佐平次は訊いた。

「わからぬが、小さくはないはずだ」

「一箇所にまとまっているのですか？」

「それもわからぬ」

「なんなんです？」

軽い調子で訊いた。

「なんなんだろうな」

と、雨宮は言った。知ってはいるが言いたくないらしい。

たぶん高橋とも、宝の中身は教えずに探させようと話がついたのだ。

蔵が二つあって、その裏に来ると、幟《のぼり》が立ち、派手な着物を着た男女が五人ほどなにか大工仕事のようなことをしていた。

「お祭りの準備ですかい？」

と、佐平次は雨宮に訊いた。

「そうではない。水芸の一座が来ているのさ」

「水芸？　あの扇子の先から水が出たりするやつ」

「そう。よく知っているな」

「そりゃあ、水芸も穴を使うわけですから」

「なるほどな」

「だが、なんで水芸の一座が？」

「うむ。うちの殿は手妻《てづま》とかが大好きでな。これも見たいと、お呼びになったのさ」

「へえ」

かなり大きな仕掛けをつくっている。それもそうで、水芸というのは、手妻というよりも、からくりに近いのだ。

佐平次が見ていると、

「穴屋。あとは、好きに眺めてくれ」

「わかりました」

「今日は、このあとわしも用があるので、適当に帰ってよいぞ」

「はい。では、明日、また来ます」

と、佐平次は挨拶《あいさつ》し、ふたたび水芸の準備に目をやった。

幟には、〈竹本太夫《たけもとだゆう》一座〉と書いてある。

その竹本太夫は、たぶん、いま、台の上で扇子を持ち、いろいろ指示している娘だろう。

歳《とし》は二十二、三くらいか。「水も滴《したた》るいい女」というが、ほんとに髪から水を滴らせたいい女である。ただ、気の強いのが表に出ていて、ちょっと近づき難いと思う男は少なくないだろう。

扇子から水が出た。

水しぶきが青い空に向かって飛び、小さな虹をつくった。

それから、その水しぶきは、わきに置いた花瓶へと移った。花瓶のなかから、水が噴き出ているのだ。

なかなか面白い趣向である。

佐平次が眺めていると、

「驚かないのね？」

と、竹本太夫が声をかけてきた。

「ああ。いちおう仕掛けはわかるからね」

「さっき、ここのご用人が、あなたのこと、穴屋って呼んでたでしょ？」

「ああ」

「穴屋って、なんなの？」

「穴なら、どんな穴でも開けるのさ」

「この、水芸の穴も？」

「もちろん」

「だから、驚かなかったのね」

「まあ、そういうこと」

一座は六人いる。舞台に出るのはこの太夫と、もう一人十二、三の少女だけらしい。ほかの男四人は、裏で水圧を加えたり、いろんなことをする。むしろ、こっちが肝心《かんじん》といっていい。

「傘《かさ》は使わないのかい？」

と、佐平次は太夫に訊いた。

「傘？」

「そう。傘から水を滴り落ちるようにしたり、ざあざあ雨の音を聞かせたりするのって、面白いと思わないかい？」

「面白い。それ、穴屋さんが考えたの？」

「そう」

ふいに思いついた。気に入ってくれたなら、つくってやってもいい。

「つくること、できる？」

「もちろん」

「高いんでしょ」

「うん。でも、安くしてやってもいいぜ」

太夫の美貌《びぼう》に心を動かされたわけではない。新しい仕事は、代金とは関係なくやってみたいのだ。

「考えてみる。でも、新しい技をつくるのは大変よ」

「そうだろうね。ただ、いま、もう一つ思ったんだが、水に色をつけてみてはどうだい？　もっときれいになるぜ」

「水に色？」

「そう。赤い染料を混ぜた色水を何重かにして出せば、花が咲いたようになるぜ」

「ほんとだ」

「自分も赤い着物を着ていないと、後で洗濯が大変だがね」

「穴屋さん、凄《すご》いね」

「まあね」

「じっくり考えさせてもらうわ」

「お殿さまに見せるのはいつ？」

「三日後」

「じゃあ、明日一日で結論が出たら、教えてくれ」

と、佐平次は言った。

四

佐平次は家に帰った。

「お帰り」

お巳よの笑顔を見るとホッとする。やはり、今日は朝から緊張していたのだろう。

「ああ。無事に帰ることができて、よかったぜ」

「なんだい、そんなに危ない目に遭ってたのかい？」

「うん。もしかしたら、しばらくは帰れねえかもと」

「まあ、そんな仕事、おやめよ」

「そうはいかねえ」

佐平次はきっぱり首を横に振った。

いったん引き受けた穴の仕事である。なんとしてもやり遂げるのが、穴職人の意地というものだろう。

「孝助は？」

「ついさっき、帰ったよ。明日の朝は早く来るって」

「そうか。あいつも連れて行くことにした」

「あたしには手伝えないのかい？」

「へビを使うのか？」

「ああ。どんな穴でもくぐらせるよ」

「そういう局面が来るかどうか……」

六文銭の秘密は、そもそもなんにもわかっていない。

「もしかしたら、手伝ってもらうかも」

佐平次がそう言ったとき、長屋の路地で、

「瓜《うり》が冷えたぜ。皆、食ってくれ」

と、御免屋の声がした。

「お、瓜だってよ。いただくか」

「ああ、いいね」

佐平次とお巳よが出て行くと、お面屋や北斎とお栄もぞろぞろと家から出て来た。

「おう、こりゃあうまそうだ」

北斎が感心した。大ぶりで、色合いもいかにも熟れている。

御免屋が包丁で縦に六つに切って、それぞれに手渡す。

種のところをさっと除いて、それぞれかぶりついた。

「うん、うめえ」

「瓜のうまいのは、西瓜《すいか》よりうまい」

「夏の醍醐味《だいごみ》だな」

と、皆、絶賛する。

食べ終えたところで、

「ところで、北斎さんはずいぶん旅をしたって言ってたけど、松代には行ったことあるかい？」

「信州の松代なら、通ったことはあるぜ」

「そうなの？」

「いろんなところから富士を見たくて、信州も回ったんだ。あのあたりには知り合いもいるものでな。だが、あそこらからは富士は見えなかった。八ケ岳《やつがたけ》は見えるがな」

「へえ」

そこへ、御免屋が、

「あっしはあるぜ」

と、言った。

「松代に？」

「ああ。諏訪《すわ》に本店のある江戸店《えどだな》と、松代に本店のある江戸店の番頭同士が喧嘩《けんか》になって、仲裁するため、松代と諏訪を二度、往復したよ。ちょうど、いまごろだった。山国だから涼しいかと思ったが、盆地だから江戸より暑いくらいだったぜ」

御免屋がそう言うと、

「おれも行ったことがあるぜ」

お面屋も言った。

「なんでまた？」

「浅間山《あさまやま》の爆発で顔を怪我《けが》した人に、お面をつくってやるという仕事があったのさ」

「浅間山の爆発って、ずいぶん昔のことじゃないのかい？」

と、佐平次は言った。

「それは天明《てんめい》の大爆発だろう。そのあともときどき小さい爆発はあって、その人はそっちの被害にあったのさ」

「そうだったのか」

それにしても、この長屋の連中はやっぱり凄い。ふつうの人にはとてもできないような経験を、いっぱいしてきているのだ。

「松代がどうかしたのか？」

と、北斎が訊いた。

「まあね。もしかしたら、誰かの手助けが要《い》るようになるかもしれねえ」

「そんときは遠慮なく言うこった」

北斎がそう言うと、お面屋も御免屋もうなずいてくれた。

五

翌朝――。

佐平次は孝助とともに、新シ橋たもとの松代藩上屋敷へ向かった。

とりあえず、雨どいの修理をしながら、なにか気がついたことは、そのつど雨宮に相談することにした。

雨どいのほうも、だいぶ傷《いた》んでいるのは事実である。竹の節を抜いたものを使うことにして、傷んだものを取り外していく。細い鉄の棒を地面に打ち込みながら、地下の具合を探ることにした。

「孝助。この地中の感触は、よく覚えておくんだぞ」

と、孝助にも鉄の棒を打ち込ませる。

「あれ、なんだか途中から砂っぽくなりますね」

「そうだろう。ここらも、家康公が江戸に来たころは、波打ち際だったんだ」

「そうなんですか」

「日比谷《ひびや》の入り江といって、海苔《のり》がよく取れたらしい」

「じゃあ、土盛りしてあるんですね」

「ああ。だから、地下の穴は難しい」

「でも、ただ埋める分には楽ですね」

「犬が骨を隠す分にはな」

「そうですよね。隠すのは、骨なんかじゃないでしょうし」

そんなことを言いながら、孝助と作業をしていると、

「雨宮。あそこにいるやつらはなんだ？」

という偉そうな声がした。雨宮にこういう物言いができるのは、藩主以外にいない。

「ああ、雨どいの修理をさせております」

雨宮が答えた。佐平次たちのことを訊いたらしい。

「下賤《げせん》の者か」

当人を前にして、「下賤の者」はないだろう。

「おい、雨どい屋と丁稚《でっち》」

「へえ」

佐平次は名乗らずに、縁先にしゃがみ込んだ。

金銀取り交ぜた竜宮城のようないでたちである。しかも、顔には白粉《おしろい》をべったり塗っている。男の厚化粧はいけない。だが、公家《くげ》だの大名だのには、この手の化粧が流《は》行《や》っているのかもしれない。

こんなやつには名乗りたくもない。

孝助も、佐平次のわきにひざまずいた。

「きさまらに、面白いものを見せてやろう」

と、藩主が言った。

雨宮は、弱ったという顔で藩主のわきに寄り添った。

「面白いものですか?」

「そこではよく見えぬ。もっと、こっちに来い。ここだ、ここ。立って見てもよいぞ。驚くなよ」

藩主は指先で銅銭をあやつり始めた。

手のなかで銅銭がくるくると回る。

まるで、銭が生きているみたいである。

「銅銭は五つだろう」

「はい」

「よく見ておれ。いくつだ？」

訊き返したので、

「五つです」

仕方なく答えた。じっさい五つである。

「そうかな？」

と、手のなかで回っていた銅銭を、ぱっと下に置いた。

銅銭は六つになって並んだ。

「どうだ、六文銭だろう」

こうなることは予想できたが、口をあんぐりと開いてやった。

「驚いたか？」

「ええ」

「わしをキリシタンバテレンだなどと思うなよ、わっはっはっは」

いかにも嬉《うれ》しそうに笑って、

「もう一つ、見せてやる。ほれ」

銅銭を宙に抛《ほう》ったが、途中でパッと消えた。

大名のやることではない。掏摸《すり》の見習いがやることである。

投げたふりをしただけなのは見え見えである。が、これも魂消《たまげ》たふりをするしかない。

「では、しっかり仕事に励《はげ》め」

藩主は偉そうにいなくなった。

どうも、人を騙《だま》したり、戸惑《とまど》わせたりすることが大好きらしい。だが、大名の道楽というのは、かならず止《と》め処《ど》がなくなる。周囲にも止めようがなくなるのだ。もちろん、他人の迷惑などはお構いなし。やがて、とんでもないところまで突き進む。

また仕事にもどってから、

「殿さまは、器用なんですね」

と、孝助が半《なか》ば呆《あき》れたように言った。

「ああいうのは、町人だったら、手癖が悪いと言われるだけだわな」

佐平次がそう言うと、孝助は破顔してうなずいた。

「ご用人さまは、わきで困ったお顔をされてました」

「そうだな」

用人としては、くだらぬ稽古をしている暇があったら、国許のことに目を向けろと言いたいのだろう。

いや、それだけではない。雨宮は、上田藩の用人である高橋よりも、もっと藩主に対して思うところがあるのだろう。

六

昼飯どきになった。

庭の隅で弁当を食っていると、上田藩の高橋荘右衛門が、

「どうじゃ?」

と、やって来た。

心配そうな顔をしている。たぶん、佐平次を紹介した手前、なんとか成功して欲しいと思っているのだろう。

「ところで、雨宮さまも殿さまのことはご心配のようですね？」

「うむ。心配というか……雨宮どのはわしよりも憂《うれ》いは深い」

「といいますと？」

「じつは、真田家の現藩主・幸貫《ゆきつら》さまは、真田家の血筋ではない」

真田信之《のぶゆき》の父が、戦国屈指の策略家として知られる真田昌幸《まさゆき》。弟が、真田幸村《ゆきむら》。関ヶ原の合戦を前に、真田家存続のため、長男・信之が徳川方についたという逸話は、庶民にも知られている。

「そうなので」

「藩祖・信之さまの血は一滴も入ってはおらぬ」

ということは、真田昌幸の血も入っていない。

「お父上は？」

と、佐平次は訊いた。

お庭番をしていても、全国のすべての藩を調べているわけではない。もちろん、城のなかにいれば、調べる手立てはいくらもあるが、いまは一介の町人の身分である。

「かつての老中・松平定信《まつだいらさだのぶ》さま。ただ、母君は、ご正室ではない」

「へえ」

寛政《かんせい》の改革を推し進めたがちがちの政治家。たしか、徳川吉宗《とくがわよしむね》の血筋だったはずである。

ということは——。

幕府が、実質的に真田家を奪うため、押しつけて来た跡継ぎなのだろう。

だんだんと構図が見えてきた。

「ところで、六文銭の家紋というのは、あんまり見ないですよね？」

と、佐平次は高橋に訊いた。

「そうだな。昔からあるものではなく、真田昌幸さまが考案なさったと言われているな」

「そうなので？」

「もともと、三途《さんず》の川を渡る際、船頭に渡す船賃が六文だったそうだ」

「縁起でもないですね」

「そうだ。その縁起でもないものを身につけ、死ぬ覚悟で戦うという心意気を示したのだろうな」

「なるほどねえ」

改めて六文銭を見る。

徳川の大軍と戦ったときの覚悟が胸に迫るようである。

七

竹本太夫が思いつめたような顔で佐平次に声をかけてきたのは、夕方のもう帰ろうかという刻限だった。

「穴屋さんにお訊《たず》ねしたいのですが」

「なんです？」

「刀の先から水が出るようにはできないでしょうか？」

「刀は本物で？」

「はい。無理ですか？」

「もちろん、あっしに開けられない穴はありませんよ。だが、どうして刀の先に?」

佐平次が訊くと、竹本太夫はつらそうに顔をそむけた。

これは訳ありだろう。

「ははあ。その刀を持って近づき、お殿さまをえいっと?」

「なぜ?」

なぜ、わかったのだという意味だろう。

「そりゃあ、太夫の切羽詰まったお顔を見れば、想像がつくってもんで」

佐平次がそう言うと、ただならぬ視線の強さで見返して来て、

「恨《うら》みがあります」

と、言った。

「殿さまに恨みが?」

「はい。じつは、父の敵《かたき》」

「なんと」

「わたしの父は、松平定信さまに呼ばれ、水芸を見せる機会がありました。父はそこで、扇子から扇子に水が移る芸を見せることになっていました。いまでこそ、ふつう

にやられていますが、あれは父がつくった技で、初めて見る人は皆、びっくり仰天《ぎょうてん》したものです」

「そりゃあそうだと思うね」

「ところが、父がその芸をしようというとき、あの真田幸貫が、『あ、それは、扇子の水がもう一つの扇子のほうに移るのだな。見え見えだぞ』と、声をかけたのです」

「それはひどい」

手妻師が、手妻のタネをばらされるくらい嫌なことはないだろう。しかも、松平定信の前で。

「父は動揺し、手が止まって動けなくなってしまいました」

「なるほど」

「そのことを強く恥じ、父はその晩、大川に身を投げました」

「そんなことがあったのかい」

であれば、幸貫を父の敵と思うのも無理はない。

「そして、あいつは、またしてもわたしの新しい技を、披露《ひろう》の席でからかってやろうと思っているに違いありません」

「あいつなら、やりかねないな」

「もし、技を見破られ、恥をかかされたら、その刀で」

「見破られなかったら？」

「もちろん我慢して、二度とあの男には近づきません」

と、竹本太夫は言った。

「それがいいよ。おとっつぁんだって、敵討ちなんか望んでいないと思うぜ」

「そうでしょうか」

「ああ。そんなことより、技を磨《みが》いて、水芸を後世に伝えて欲しいと思っているはずさ」

それが職人の魂、心意気というものである。

「それで、新しい技というのは、どういうんだい？」

「遠くに飛ばします」

「遠くに？」

「水槽の水に圧力をかければ、水は遠くまで飛びます」

「どこまで飛ばす？」

「あそこの池の灯籠《とうろう》まで」

竹本太夫は、庭の池を指差して言った。

「ほう」

ここからだと、十間《けん》ほどある。そこまで飛ばすには、よほどいい穴と、強い圧力が必要である。

「すると、今度は灯籠が水を噴き出し、その水は高く高く上がります。その高さは、二十間。これには驚くはずなのです」

竹本太夫は自慢げに言った。だが、佐平次は、

「残念だが、驚かないな」

と、言った。

「なぜ？」

「あらかじめ灯籠に仕掛けるだろう？」

「それは当然」

「あいつは、そこまで見張っていて、あんたの技を推測するからさ」

「まあ」

つまりは、なにをやっても無駄。

竹本太夫は、見る見るうちに打ちひしがれた。

八

竹本太夫が水芸を披露する日がやって来た。

藩邸には、朝から近隣の大名や家老たちがぞくぞくと集まって来た。

しかも、大目付の早坂主水之介の顔もあった。

「おっとっと」

佐平次は、慌てて隠れた。ろくでもないやつは、ちゃんとろくでもないのとくっつくらしい。

庭が大勢の観客でいっぱいになった。

真田幸貫という男は、大勢の前で誰かに恥をかかせることが大好きなのだ。

「それでは、水芸をお目にかけましょう。あたしの父が命をかけて磨き上げたものに、さらに改良を加えました」

と、竹本太夫が挨拶した。

太夫が父の話をしたとき、幸貫は嬉しそうに笑った。相当、腐《くさ》ったやつだというのは、それでもわかる。

しばらくはおなじみの芸がつづいた。

これだけでも、見ている側は充分に楽しい。しかも、暑い日には、かすかな水しぶきが涼風に感じられる。

「では、いよいよわたしどもの渾身《こんしん》の芸を」

太夫がそう言ったとき、

「わかったぞ、太夫。扇子の水がそっちの池のほうまで飛ぶのだろう？」

「え」

「そして、あの灯籠から、高く水が天へと噴き出すのだ」

幸貫は勝ち誇ったように言った。

だが、太夫はにっこり微笑《ほほえ》むと、

「お生憎《あいにく》さま」

そう言った途端、舞台の上から突然、太夫が消えた。

「え？」

真田幸貫が目を見開いた。

「嘘だろ」

大目付の早坂が、ぱかっと口を開けた。

すると、下から凄い勢いで水が噴き出し始め、そこから太夫がまるで水に乗ったかのようにせり上がって来たではないか。

「これは、なんと」

「凄いですなあ」

太夫は水の上で微笑んでいる。その水は、青く色がついているため、じつにきれいである。ほとんど、滝が地上から空に向かって噴き出しているようにも見える。

むろん、これは溜《た》めておいた水に圧力をかけ、凄《すさ》まじい勢いが出るようにしたのだ。

佐平次ばかりか孝助も、四人の一座の男といっしょになって、水圧をかけるため、水槽の蓋《ふた》を押し下げた。

「真田どの。こればかりは、見込みが外れましたな。わっはっは」

近くにいたどこかの大名が言った。

「ううっ」

真田幸貫は、水しぶきを浴びながら、怒りと藍色《あいいろ》の水のせいで、真っ青になって震えていた。

竹本太夫が、雨宮から過分の礼金をもらい、嬉しそうに門から出て行った。

それを見ながら、佐平次は、

「倅《せがれ》は、父の望みを本当に捨てたのだろうか」

と、つぶやいた。

藩祖・真田信之も、ひそかにその遺志を継いでいた。つまらない徳川幕府は三途の川を渡してやると。

そのための莫大《ばくだい》な軍資金を残していた。

「そういえば……」

佐平次がさらにつぶやくと、

「なんですか？」

と、孝助が訊いた。

「聞いたことがあるのさ。大坂の役のとき、真田幸村が大坂城に貯《た》めてあった莫大な軍資金を運び出したと」

孝助にはたいがいのことを語っても大丈夫である。こんなに大人の事情を斟酌《しんしゃく》できる子どもは、ちょっといない。

「どれくらいあったのです？」

「後で調べたところでは、秀吉の貯めた金がさほど減っていなければ、その額はおよそ八百万両」

「八百万両！」

「しかも真田家は、もともと信州の金を貯め込んだうえに、真田紐《ひも》の生産でも相当儲《もう》けているはず」

「その隠し場所が、六文銭の穴にちなんだところに……」

さすがに孝助もびっくりして言った。

「それは幕府も探すわな」

いままでは秘密だったが、幸貫が藩主になったため、薄々気がついてきたのだろう。

「はい」

「雨宮さまは、藩主側よりも先に謎を解きたいのさ」

「でしょうね」

そうすれば、軍資金を守ることができる。いまのままでは、守るどころか、奪われるのを待つばかりである。

「こりゃあ、とんでもねえ仕事になりそうだ」

佐平次がそう言ったときである。

前にすうっと男が立った。

「あ……」

大目付の早坂主水之介。そのわきには、以前、佐平次の家に来た家来がいる。

「穴屋佐平次とやら」

と、早坂が言った。

「へ、へい」

「そなた、過日、わしの仕事を断わっておきながら、ここでなにをいたしておる」

「あ、いや、その……」

佐平次、驚いたあまり、ついつい口ごもってしまい──。

第六話　ヘソの穴は宝物殿《ほうもつでん》

一

佐平次と弟子の孝助が、深川にある松代藩の下屋敷に来て、三日目になる。

結局、外桜田の上屋敷では、怪《あや》しいところは見つからず、下屋敷のほうに移って来た。ここでも雨どいの修理をしながら、長さ五間《けん》ほどの針金を地中に差し込み、指先に伝わる感覚で、地下にあるものを探っているのだが、埋蔵金を疑うようなものは、まだ見つかっていない。

「ここも駄目かな」

佐平次は孝助に言った。

「そうですね」

「あと、ほかには麻布《あざぶ》に下屋敷がもう一つあるらしいが」

「そっちに望みを託しましょう」

孝助は大人びた口調で言った。

「そうだな」

と佐平次は言ったが、内心、難しい仕事を引き受けてしまったと、少し後悔もしている。

――もしかしたらしくじるかもしれない……。

という嫌な予感もちらちらする。

今度の仕事は、手わざの難しさではなく、探索力を必要とする。それも、穴のありかというような単純な謎ではない。かなりひねくれた謎に違いないのだ。

だが、本来、穴屋の仕事は、そういう謎解きも含めてのことなのである。

夕方近くなったころ。

「そなたは、穴屋というそうだな？」

と、下屋敷の松代藩士が声をかけてきた。昨日からちらちらと佐平次を見ていた男である。

「ええ、穴屋でございます」

「わしは、当藩士の穴山《あなやま》という者だ」

「へえ」

「穴のことなら、どんな難問も解決するとか？」

「そうです」

「穴といったら、人体にも穴はあるよな？」

「あります」

「そなたは、医術のようなこともやるのか？」

「ええ、やりますよ。耳の穴、鼻の穴、人にはいろいろ穴がありますが、そのどんな穴でも手がけます。手術の技については、長崎の鳴滝《なるたき》にあるシーボルト先生のところで学んで来ました」

多少、大げさなことを言った。

「そうか」

相談しようかどうか、迷っているらしい。

「じつは、ヘソの穴のなかになにかいるような気がするのだ」

「どうぞ、ご遠慮なく」

「ヘソの穴のなか?」

変わったことを言い出したものである。

この穴山という藩士は、歳《とし》のころは四十前後。目つきといい、話し口調といい、おかしな感じはしない。気が変になった御仁《ごじん》は、目つきや話し方ですぐに見当がつくものである。

「いつからそう思われたので?」

「ひと月ほど前からだったと思う」

「ちょっと拝見してよろしいですか?」

「もちろんだよ」

穴山にヘソを剥《む》き出しにしてもらう。

大きなヘソである。

男のヘソの穴など、詳《くわ》しく探っても、面白くもなんともないが、そこは仕事である。しょうがないので、穴用の道具である小さなヘラを使って、じっくり見た。

「あは、あは、くすぐったいな」

「くすぐったがってる場合じゃないでしょう」

「なんかいそうか？」

「いやあ、穴と言っても、腹のなかまで通じているわけじゃないですしね」

「そうなのか」

「とりあえず見た目には異常なさそうです」

「そうか」

「どういうのがいるみたいな感じなのです？」

「なんと言ったらいいのか、こう、もやもやっとして、ひょろ長くて……そこはよくわからんのだ」

首を振るばかりである。

「いちおう、家に帰ったらいろいろ書物を当たってみますので、また明日、お話しさせてください」

ということで、この日は切り上げることにした。

二

そろそろ引き上げる支度を始めたとき――。

表門が開いて、屋敷内が慌ただしくなった。さっきの穴山も門の前に駆けつけて来た。

「殿のお出ましだ」

という声がして、この屋敷にいた一同が、表門の周囲に並んだ。

門が開けられ、藩主・真田幸貫が入って来た。その後ろには雨宮帯刀もいる。雨宮は困ったような顔をしていた。

佐平次は、列のずっと後ろで、膝をついて頭を下げていたが、もういいかと顔を上げたとき、すぐ前に来ていた幸貫と目が合ってしまった。

「よう、穴屋」

幸貫が呼んだ。

「えっ」

「なにをそんなに驚いておる？」

「いや、お殿さまがおいらごときの名前をご存じだったもので」

「ふっふっふ。そなたのことは、大目付の早坂どのからいろいろ聞いたのでな」

「はあ」

まずろくなことは言っていないだろう。

だが、早坂とここの藩主が親しいというのは驚きである。大目付と藩主は、本来、敵同士ではないか。

「そなたがこっちにいると聞いて、わしも来てみたのだ」

「そうなので……」

「そなた、なにを探っている?」

「いえ、なにも」

「当家には、宝を隠した穴でもあるのか?」

顔が真面目《まじめ》である。

この藩主は、やはり隠し金のことを薄々知っているのだ。

「あっしはなにも」

このやりとりには、雨宮帯刀も慌てて、

「この者には雨どいの修理をさせているだけでございます。なにせ、穴に関する仕事では、江戸いちばんの職人ですので」

「なるほどな」

とは言ったが、幸貫は明らかに佐平次を怪しんでいる。

「そなた、この前の水芸で、太夫《たゆう》に知恵をつけただろう？」

急に話が変わった。

「とんでもない。あっしは穴職人で、水芸のことなどなにも知りませんです」

「だが、太夫が消えた穴はそなたが掘っただろうが」

いちおう、あの後、仕掛けなどは確かめたらしい。

「そうですが、なにも知らずに穴を掘らされただけです」

ここはとぼけるしかない。

雨宮も、

「殿。この者は、ただの穴屋ですので」

と、口を挟んだ。

「なるほどな」

幸貫も、外から入って来たという立場上、代々の重役である雨宮には、逆《さか》らいにくいらしい。

「そうだ、穴屋。わしの新作の手妻《てづま》を見せてやろうか？」

「ぜひ」

たいして見たくもないが、ここは見るのが機嫌取りになるだろう。

幸貫は、たもとから一文銭を取り出した。

「この一文銭に紐《ひも》を通すのだ」

と、自らやってみせる。

細い紐の輪のなかに、一文銭が通った。

それから、この一文銭を佐平次の目の前で横にゆっくりぶらぶらさせ始めた。

「よく見ておれよ」

目で一文銭を追う。

左右に行ったり来たり。そのうち、焦点を合わせにくくなってきた。

すると、突然——。

「あっ」

一文銭が小判に変わった。

「どうだ、驚いたか？」

「凄《すご》いですね」

なかなかの手技である。

三

深川で仕事が終わると、帰りは楽である。

途中で孝助と別れ、夜鳴長屋にもどると、ちょうどお巳よも帰ったばかりらしかった。

「おや、今日も早かったね」

「ああ。でも、今日は疲れたぜ」

妙な藩主のせいで、気持ちが疲れたのだ。

「だったら、北斎さんを誘ってうなぎでも食いに行こうか？　あたしは大蛇の大五郎がよく働いてくれて、懐《ふところ》もあったかいよ」

「それはいいな」

北斎に声をかけると、付き合うという。お栄も誘ったが、

「今日は胸焼けしそうだからやめておく」

というので、三人で近くのうなぎ屋に向かった。

北斎は中風もずいぶん回復して、よく見れば、軽く足を引きずるかな、というくらいである。

二階の座敷に上がって、さっそくうなぎの松を三人前、頼んだ。

できあがってくる前に、

「じつは、今日、変わった話を聞いたよ」

と、佐平次は言った。ふだんはよほどのことがないとお巳よにも仕事の話はしないのだが、今日はヘソの話が面白かったので、つい、話してしまった。それに、穴山の話は、肝心《かんじん》の依頼とは別の話である。

「ヘソのなかになにかいる？」

お巳よが目を瞠《みは》り、

「なるほど」

北斎はそういうこともあるだろうという顔。

「ちっと気がおかしくなった御仁なのかとも思ったんだが、そういうのではないみたいだった」

「それって、もしかしたら腹に棲《す》む虫と関係があるんじゃないの？」

と、お巳よは言った。

「腹の虫？」

「前に、腹のなかにヘビが棲んだと言って騒いだ人がいたの。それで、出て来たというのを見たら、ヘビじゃなかった」

「虫だったのか？」

「そう。白くて、こーんなに長い虫。薄気味悪いといったらなかったよ」

と、お巳よは両腕を横に広げた。

「そんな馬鹿な」

佐平次は笑った。お巳よの大げさな話だろうと思ったら、

「それは、サナダムシってんだ」

と、北斎が言った。

「サナダムシだって？」

佐平次は、素《す》っ頓狂《とんきょう》な声を上げた。

「なに、驚いてんだ？」

「じつは、そう言っているのは真田藩の藩士なんだ」

佐平次がそう言うと、

「だったら、間違いないわね」

お巳よはうなずいた。ところが、北斎は、

「サナダムシと真田家は、とくに関係はないぞ」

と、笑いながら言った。

「そうなのかい？」

「あれは、真田家と関係があるというより、真田紐にかたちが似てるからサナダムシと呼ばれるようになったんだ。別に、真田藩士にあの虫がいる者が多いということはないと思うぞ」

「そういうことか」

だが、名前のことはさておいても、サナダムシの疑いはある。

「もし、サナダムシだったら、その人、死んじゃう？」

と、お巳よは訊《き》いた。

「いや、死にはしないだろう。見た目は凄いが、毒はさほどでもないみたいだ」

「虫下しは効《き》くのかい？」

と、佐平次は訊いた。

「あまり効かないと聞いたことがあるがな」

と、北斎は言った。

そこへ、うなぎが登場。

「おう、うまそう」

「やっぱり、長くてくねくねしたものはうまいのさ」

「やだ、北斎さん」

三人はいままで気持ち悪い虫の話をしていたが、食欲にはまったく影響がない。

四

翌日、松代藩の深川屋敷で、例の穴山に会うと、

「尻から虫が出て来たことはないですか？」

と、佐平次はさっそく訊いた。

「尻から虫？　そんなことはないなあ」

「口からも？」

あの後、北斎から聞いたのだが、サナダムシは口から出て来たりもするらしい。ところどころ節のようなものがあるのだが、それが切れないように注意深くひっぱり出すと、五間ほどの長さがあったりもするそうだ。

五間といったら、背丈の何倍もある。

「口から虫？　そんなことがあったら、わしの妻は気絶するだろうな。なにせ、虫が大嫌いだから」

「ちと、まぶたの裏を」

と、あかんべえをさせるみたいに、まぶたをめくった。血の色はしっかりしている。顔色も悪くない。腹に虫がいると、かならず貧血気味になる。

「食欲はありますか？」

「ああ。ありすぎて困るくらいだ」

穴山は痩《や》せてもいない。鍛《きた》えた、がっちりした身体《からだ》をしている。

「やはり虫はいなさそうですね」

「では、この気持ちはなんなのだろうな？」

と、穴山は腹を撫《な》でさするようにした。

「子どものころ、ヘソのことでなにかなかったですか？」

子どものころのできごとは、後にきわめて重大な影響を及ぼしたりする。佐平次の穴に対する興味もまさにそれが理由だし、孝助にもそんなところがある。

「子どものころ……？」

穴山はしばらく考えて、

「あ」

なにか思い出したらしい。

「そういえば、いつもヘソに一文銭を当てていたことがある」

「一文銭を当てていた？」

「そう。一文銭の穴に紐を通し、こうやってぐるりと腹に回し、もう一度、前で結んでいたはずだ」

「なぜ、そんなことを？」

「出べソになるのを防ぐためと言われたはずだ」

「ははあ」

そういえば、子どもの出べソを治すのに、そんな方法があるとは聞いたことがある。だが、一文銭というのは、なにか気になる。謎は六文銭だが。

「出べソになるのは、腹のなかに変なのがいるからだとも言われた」

「親からですか？」

「そうだ。うちは代々、そうしている」

「穴山さまのご子息も？」

「いや、わしは倅《せがれ》ができず、二年前に十五になっていた親戚の子を養子に取ったので、それはしておらぬ」

「そうですか」

代々してきたなら、なにか意味があったのかもしれない。

佐平次の表情を見て、穴山もなにか後ろめたさみたいな気持ちが湧《わ》いたのか、

「倅にもやるべきだったかな？」

と、言った。

「そうですね。それと、穴山さまのヘソの穴のなかになにかいるという気持ちも、たぶん子どものころに教え込まれた話がよみがえったのだと思いますよ」

「そうかな」

「はい。ふっとよみがえることってあるんですよ」

佐平次は、自分の体験からも、自信を持って言った。

五

佐平次と孝助は、雨宮とも相談し、ふたたび上屋敷のほうにもどることにした。

そのもどる途中で、佐平次は穴山の話を雨宮にすると、

「穴山がそんなことを言っておったか」

と、驚いた。

「ご存じなかったですか？」

「ヘソに一文銭を当てていたなんて話までは把握《はあく》してなかったな」

「どうも気になります」

「なにが？」

「代々、そういうことを言われてきたことが」

「なるほど」

「穴山家というのは、古い家柄ですか？」

「ああ。古くからの上田の地侍《じざむらい》の家だ」

「では、藩祖の信之さまともつながりが？」

「それは、信之さまも戦《いくさ》のときには頼りにしただろう」

「もしかしたら、ほかにもそういう藩士がいるのかもしれませんよ」

佐平次はふとそう思ったのだ。

「ヘソに一文銭を当てていたことがあるやつか？」

「はい」

「そういえば……」

「いますか？」

「上屋敷にいる若いので、海野《うんの》というのが、ヘソに一文銭をつけていたな。屋敷の長屋で育ったから、見覚えがある」

「それはぜひ、お話を」

「もちろんだ」

外桜田の屋敷が近づいて来た。

こうして見ると、やはりもしも宝を隠すとしたら、この上屋敷のような気がする。

「それと、あっしらがここにもどったことについて、なにか言い訳は要《い》りませんか？　殿さまに訊かれたりすると、なんと言えばいいのか」

「そうだな。そういえば、長屋のほうで床下にシロアリが出て、根太《ねだ》が腐ったとか言っておったが」

「あ、それにしましょう」

じっさい、シロアリの被害というのは、大名屋敷でも深刻で、見つけたらかならず駆除する必要がある。穴屋への依頼のなかでも、シロアリの穴をなんとかしてというのはかなり多いのだ。

孝助にも何度かやらせたことがあるので、それはぴったりの依頼である。

上屋敷に着いた。

「じゃあ、親方、仕事はいつもの手順でいいですか？」

と、孝助が言った。

「そうだな」

佐平次がうなずくと、孝助はさっそく縁の下に這《は》って入った。

佐平次といっしょに雨宮までかがみ込んで孝助のようすを見ていると、

「穴屋。また、こっちに来たのか？」

「お、お殿さま」

藩主の真田幸貫がいた。

「しつこいな。なにを探っておる？」

雨宮のほうをちらりと見て、幸貫は言った。この君臣同士は、互いに疑い合っているのだろう。

「滅相《めっそう》もございません。シロアリが出ているそうで、駆除を頼まれました。じっさい、シロアリを放っておくと、どんな立派なお屋敷でも傾いてしまいます」

「ふうむ」

まんざら嘘《うそ》ではないと思ったらしい。

「だが、そなたはなんか目障《めざわ》りだな」

幸貫は執拗《しつよう》である。

「…………」

「どうしようかな」

いかにも意地悪そうな顔である。

「いかようにも」

と、佐平次もここは強気に出た。

シロアリ退治というのは、かなり難しいのだ。

熱湯をかけたり、煙でいぶしたり、しかもいったんなかまで穴を開けられた根太などは、そっくり引き抜いて、漆《うるし》を塗った新しいものに替えなければならない。そういう仕事は大工にだってやれる者は少ない。

雨宮も、どうなることかという顔で二人を見ている。

睨《にら》み合っていると、縁の下の奥から声がした。

「親方。この屋敷はかなりやられてます。ちゃんと手当をしないと、数年で土台は崩れ落ちるでしょうね」

孝助が見て回ったのだ。

幸貫は、それを聞き、

「よし。では、こうしよう。わしが新しく編み出した手妻の仕掛けを見破ったら、このままここにいてもいいことにする」

と、言った。

「はあ」

なんともくだらぬ交換条件を出したものである。それくらい、この藩主は手妻道楽に熱心らしい。

「どうだ？」

「新しい手妻というのは、昨日、見せていただいた一文銭のやつですか？」

「そうだ」

「ああ、あれだったら、もう一度、お見せいただけたら」

「見破れるというのか？」

幸貫はムッとして訊いた。

「たぶん、穴を利用した仕掛けでしょうから」

佐平次がそう言うと、幸貫は一瞬、嫌な顔をしたが、

「では、やるぞ」

この前と同じように、一文銭に細い紐を通し、輪のなかに入れるようにした。

これを佐平次の目の前に垂らし、ゆっくり左右にぶらぶらさせる。

「よく見ておれよ」

佐平次の目は一文銭を追う。

が、大きく振られるため、目の動きが追いつけなくなってきた。

その途端——。

「あ」

黄色い光が走り、一文銭は小判に変わっていた。

二度見ても見事なものである。

「どうじゃ？」

幸貫は自慢げに言った。

ただ、この人は目元の表情が変わらないので気味が悪い。

「わかりました」

と、佐平次は言った。

「わかっただと？」

「はい」

自信を持ってうなずいた。

手妻というのは、かならず仕掛けがある。そう思って見れば、まずわかることがある。この場合、一文銭が小判になるわけがない。だから、小判と一文銭をすばやく交換したのだ。

その方法が巧《たく》みで、手先の動きも素早かった。

「その小判を見せていただくわけにはいきませんか？」

と、佐平次は、幸貫のたもとのなかに隠されてしまった小判を指差した。

「それは駄目《だめ》だ」

「では、一文銭を」

「それも駄目だ」

幸貫はどちらも断わった。

ということは、小判と一文銭の両方に仕掛けがある。

「その小判、通常のものより、少し分厚《ぶあつ》いみたいでしたが」

佐平次は一瞬見ただけだが、なんとなくそんな気がしたのだ。

「むむっ」

「なぜなら、細い紐が縦に通るだけの隙間《すきま》をつくり、横から紐を入れ、なかに通ったら、ぎゅっと手でつぶすようにしたのでしょう。金は柔らかい金属ですので、そういうことはできるはずです」

たぶん、小判を二枚合わせるようにして細工をしたのではないか。

「……………」

「お殿さまは、一文銭をぶらぶらさせているあいだに、それをなさいました。一文銭に目が行くと、上のほうは見えなくなってしまいます。それでも、すばやくやり遂げた手技は、お見事と言うしかありません」

「……………」

幸貫の鼻の穴が、佐平次に褒《ほ》められて膨《ふく》らんだ。

「これで、小判と一文銭は、同じ輪のなかに入ったわけです。その前に、一文銭のほうもわからないように刻まれた溝にはさんだり、ご飯粒でつけたりして、紐に固定させたはずです。あとは、折を見はからって、小判を押し出すようにします」

「………」

幸貫の顔が歪《ゆが》んだ。当たっているのだ。

「小判は重いから、当然、先端のほうへ落ちますが、同時に軽い一文銭は、上にあがってきて、殿さまの手のひらのなかに隠れます。ざっと、こんなところでございましょう」

「………」

幸貫はなにも言わない。

「この屋敷で、シロアリ退治をしてもよろしいですか？」

「かまわぬ」

幸貫は怒ったように言って、立ち去った。

六

「穴屋。この者だ。子ども時代にヘソに一文銭を当てていたのは」

と、雨宮が丸々と肥《ふと》った若者を連れて来た。

「海野一害《いちがい》と申す」

海野はにこにこしながら言った。まさに金太郎がそのまま大きくなったみたいな若侍である。

「一文銭をヘソに当てていたことは、覚えておいでですか？」

「もちろんだ。嫌でしょうがなかったからな」

「なぜ、そんなことを？」

「それは父上に命じられたからだろうな」

「お父上は、なぜ、そうしろと？」

「うん。詳しくは忘れたが、腹のなかにはおかしなものがいるので、一文銭で出て来ないように押さえつけるのだと」

「おかしなものなら、出してしまったほうがよろしいのでは？」

「だよな。だが、父上の命令だったからな」

と、海野は首をかしげた。

「もしかして、代々、それをなさっているのでは？」

「ああ、そうらしいな。わたしも自分の倅ができたら、そうさせるつもりだよ」

「お父上は？」

「三月《みつき》前に亡くなったよ。それでわたしが急遽《きゅうきょ》、跡を継いだのさ」

まだ初々《ういうい》しい感じがする。

「海野さまのほかに、子どものときヘソに一文銭を当てていた人はおられませんか？」

「ああ、いたな」

と、海野は天を仰ぐようにして腕組みをすると、

「麻布の下屋敷にいる根津竹松《ねづたけまつ》が、たしかしていた気がする。見たのはだいぶ前のことだが、自分だけじゃないと、安心した気がする」

「それは、ぜひ、お話を伺いたいです」

と、佐平次は雨宮を見た。

「うむ。では、海野、いっしょに行ってやってくれ」

「わかりました」

孝助にシロアリ退治をつづけさせたまま、佐平次は麻布の下屋敷に向かうことにし

た。

麻布とは言ってもずっと手前の麻布谷町で、上屋敷からもそう遠くないという。

海野は、肥ったからだのわりには足取りも軽く、どんどん歩いて行く。だが、赤坂の溜池《ためいけ》からちょっと坂を上ったあたりで、

「ちと、すまぬが、父の墓に手を合わせて行ってもよいか」

と、立ち止まった。

「ああ、どうぞ、どうぞ」

「そなたもよかったら、手を合わせてくれ」

「あっしなんか、よろしいんですか？」

「ああ、かまわぬ。なんせ、人と話すのが好きだったおやじで、穴屋なんて変わった仕事の者がいたら、きっといろいろ話したがったに違いない」

「わかりました」

寺の門をくぐり、裏手の墓場に。

亡くなったばかりらしく、海野家の墓には花も手向《たむ》けてあった。

手を合わせて、墓石を見ると、

海野一害の墓

と、書いてある。

「海野さまのところは、代々、一害さまとおっしゃるので？」

さっきは音で聞いただけで、漢字は思い浮かばなかったのだ。

「うん。変な名前だろう」

「いや、そんなことは」

と言ったが、たしかに変な名前である。

「代々、この名前なのだから仕方がない。先祖がなにかしくじりでもしたのかもな」

「いやいや、そんな」

と否定したが、じっさいそうだったのかもしれない。

七

麻布の藩邸は、南部坂を上った途中にあった。

広さは上屋敷と同じくらいではないか。だが、こっちのほうが樹木ははるかに多い。

なかに入り、裏手に回ると、若者が上半身裸で薙刀《なぎなた》のようなものを振り回している。

「あいつが根津竹松だ」

「ほう」

見ただけでも、たいした腕だとわかる。

薙刀みたいなものを振り回す速さが違う。

すると、母屋《おもや》のほうからもう一人、武士が現われ、

「竹松。まだまだ回す速さが遅い」

と、言った。

「そうですか?」

「腰を使うのだ、腰を」

武士はそう言って、手本を示し始めた。

「凄いですね」

回している薙刀みたいなものが見えないのだ。

「凄いだろう。あの人は、根津辨六《べんろく》と言って、かつて真田十勇士の一人と言われた根津甚八の血筋なのだ」

「なるほど」

「かくいうわたしのところも、海野六郎という真田十勇士の一人だった」

と、海野は胸を張った。

稽古が終わった。

「おい、竹松」

海野が声をかけた。

「あ、海野さん。なにしに？」

根津竹松は妙な武器を振り回しながらやって来た。

よく見ると、唐土《もろこし》にある青竜刀みたいなものに柄をつけたものらしい。

「なにしにはないだろう。この人は穴屋というのだが、ヘソのことで訊きたいことがあるそうだ」

「ヘソのこと？」

根津竹松は呆《あき》れた顔をした。

まだ、振り回しているので、危なくてしょうがない。

「お前、子どものころ、一文銭を腹に巻いてただろ？」

「なぜ、それを？」

根津竹松は血相を変え、妙な武器を佐平次に突きつけた。

思わず一歩、後じさりする。

「お、そのほう、やるな」

根津竹松はまた前に来る。

「勘弁してください」

と、佐平次はさらに下がる。

「ほら、海野さん、こやつ、只者《ただもの》ではないですよ。ちゃんと間合いを図っている」

「恐ろしいだけですよ、勘弁してください」

佐平次が言うと、

「竹松。そのへんでやめておけ」

海野が止めてくれた。

「でも、わたしはあの一文銭のことを言われると、腹が立つのですよ。嫌だというのを、無理にさせられていたから」

「なぜ、そんなことを？」

と、佐平次は訊いた。

「知るか。父上に訊いてくれ。父上！」

根津竹松は、父を呼んだ。

「なんだ、竹松」

と、寄って来た根津辨六も、いかにも武芸者ふうである。

「この穴屋というのが、わたしが子どものとき、ヘソに一文銭を当てていたわけを知りたいのだそうです」

「ご用人の雨宮さまから頼まれたのですよ」

佐平次は慌てて言い訳した。

「それは、代々、そうして来たからだ」

「代々とおっしゃいますと？」

「おそらく藩祖・信之さまのころからだろう」

「もしかして、お名前も当主になると辨六さまに？」

「さよう。当家は代々、根津辨六を名乗る」

海野一害。

根津辨六。

どちらも数字が入っている。

「深川の藩邸には、穴山さまとおっしゃる方がおられますね」

「ああ、穴山廻五《かいご》か」

「やはり、真田十勇士の？」

「さよう。先祖は穴山小助《こすけ》という勇士だった」

「ありがとうございました」

「それだけか？」

根津辨六が不満げな顔をした。

「ええ、もう、けっこうです」

妙な青竜刀みたいなものを持っているので、物騒でしょうがない。

「名前が怪しいだと？」

上屋敷にもどり、佐平次は雨宮に報告した。

「はい」

佐平次は、紙に六文銭の絵を描き、三人の名を記した。

いちばん右の上に、海野一害。

下の真ん中に、穴山廻五。

下の左端に、根津辨六。

「いずれも、由緒ある家柄だそうですね」

「ああ、真田十勇士にゆかりのある家だ」

「しかも、皆さん珍しい名前のうえに、数字が入っています」

「たしかに」

「あと、三人。それで六文銭の穴の謎は解けるはずです」

佐平次がそう言うと、雨宮も「やったな」と言うように、深々とうなずいた。

第七話　六文銭の謎じゃない

一

佐平次と弟子の孝助は、今日も新シ橋のたもとにある松代藩の上屋敷に来ている。

表向きは、シロアリの駆除である。だが、真の目的はもちろん、六文銭の穴の秘密を探り、隠し金のありかを見つけることである。

やはり隠したとしたら、この上屋敷のはずなのだ。中屋敷や下屋敷は、幕府の目から逃れやすいとは言っても、いざというときの便が悪い。隠し金は藩の中枢に置くのが当然だろう。

だが、シロアリ駆除の仕事は、三日もすれば、ほぼ終わってしまう。幸いというか、残念というか、シロアリは巣食ってからまだ間がなかったのだ。

「ほかになにか穴がらみの仕事はありませんか？」

佐平次は用人の雨宮に訊《き》いた。

用事のない穴屋は、いつまでも藩邸のなかにいるわけには行かないのだ。なにせ、あの藩主の真田幸貫は相当、佐平次を怪《あや》しんでいる。

「ううむ。穴がらみとのう」

「この屋敷に井戸はないですね？」

「ここは以前、波打ち際だったらしくてな」

「そうでしょうね」

ここらは日比谷《ひびや》入り江と言われていた。その浅瀬に土盛りし、埋め立てたのである。しかし、どうしたって地盤は緩《ゆる》く、いまも地面は沈みつつあり、このあたりの大名屋敷の土台が傾《かたむ》いたりしている。

「掘ったことはあるらしいが、やはり潮臭くて駄目《だめ》だと埋め戻したそうだ」

「埋め戻した？」

多少潮臭くても、あれば使うことはあるだろうに、わざわざ埋め戻したというのは、なにか怪しい気がする。

「さよう。いまでこそ水道が通っているが、昔は愛宕下《あたごした》の中屋敷から水を運ぶので大変だったらしい」

「池の水は?」

「あれは、溜池《ためいけ》のほうから引いたやつさ」

「掘り直しましょう」

と、佐平次は言った。

「掘り直す?」

「ええ。波打ち際だったのは大昔のことです。すでに潮の臭《にお》いは抜けているかもしれません」

「なるほど」

「しかも、今度はあっしらがもっと深くまで掘りますので」

井戸掘りだったら大仕事になり、そのあいだ、隠し金の探索に時間をかけることもできるのだ。

「わかった。やってみてくれ。だが、まずは殿の許可を得なければな」

雨宮は顔をしかめて言った。

「井戸掘りだと？」

案の定、藩主は嫌な顔をした。

縁側に出て、上から雨宮と、這《は》いつくばった佐平次を睨《にら》みつけている。こういうときは、真っ白く、変に表情に乏《とぼ》しい顔が不気味である。

「ええ。たとえ、多少塩辛くても、やはりあったほうが役立ちますゆえ」

と、雨宮が言った。

「なんの役に立つ？」

「それは、火事のときはもちろん、台所の洗いものにも、暑いときの打ち水にも」

「なるほど」

「地下に水脈があるのは確かです」

と、佐平次は這いつくばったまま言った。

「わかるか、そんなものが」

「音でわかります」

「音で？　地面の下の音が聞こえるというのか？」

疑わしそうに、藩主は庭に下りて来た。

佐平次は、地面にお椀を置き、その底に耳をつけ、

「ここでは聞こえます」

と、言った。

「どれ」

と、藩主は佐平次を押しのけ、自分で耳をつけた。

「ん？」

「さあーっというかすかな音です」

「まことじゃ」

藩主は顔を上げて言った。

だが、気のせいである。佐平次の耳ならともかく、なんの訓練もしていない耳で聞こえるわけがない。さーっという音は誰にでもある耳鳴りの音だろう。

「だが、こっちに来ると聞こえません」

と、お椀を一間《けん》ほど離した。

「あ、なるほど。聞こえぬな」

ほんとは聞こえるのだが、これも気のせいで言っている。こんなに暗示にかかりやすい人物も珍しい。たぶん、手妻《てづま》などで人を騙《だま》すことが好きな人は、逆に騙されやすかったりするのだ。

「つまり、ここからこっちへ、水脈が走っているのです」

佐平次がそう言うと、

「殿。掘らせてみましょう」

と、雨宮が言った。

「では、まだこいつが出入りするのか？」

こいつ呼ばわりである。

「そうですな」

雨宮は断固とした調子でうなずいた。

「ふん」

藩主は仕方ないというように承知した。

二

「井戸掘りは、穴屋にとって基本中の基本だぞ」

と、佐平次は孝助に言った。

「はい」

「いままでやらせたかったが、機会がなかったんだ」

いい修業になるはずである。

以前、掘ったという井戸の場所はすぐにわかった。北側の塀よりのところで、木製の枠《わく》がまだ土のなかに残っていた。もっとも、すでに腐《くさ》っていて、使いものにはならない。

「穴屋の井戸掘りは独特だぜ」

「そうなんですか」

「井戸掘りのときは通常、高い櫓《やぐら》を組むよな」

「ええ。よく見かけるやつですね」

「あれはなんのための櫓かというと、地面を掘る銛《もり》を突き刺すときに勢いをつけるためなんだ」

「へえ」

「突いて、地面に穴を開けていくわけさ。地面のなかには、石や岩もあるが、それも小さなものなら打撃によって壊していく。だが、おいらのやり方は違う。突くんじゃなく、回すんだ」

「錐《きり》を揉《も》み込むようにするんですね」

「そう。そのための道具も工夫してある」

と、銛の先を見せた。

斜《なな》めに溝が入って、ねじ込むようになっている。また、反対側の頭には十字の横棒が出ていて、回転させやすくなっている。

「穴は突くんじゃない。突くと余計な力がかかり過ぎて、壊さなくていいものまで壊したりする。ゆっくり回しながら力をかけていけば、穴もどんどん深くなるんだ」

「なるほど」

「ある程度までいって水が出るようなら、穴を広げていく。もちろん今度は崩落に気をつけて、桶《おけ》などを埋め込みながらになる」

まずは、鉄の錻を回すための、台を設置する。木の枠に穴が開いているものを二箇所、通すようにして、錻がぶれないようにする。佐平次が考案した独特の道具である。

穴を開けるのは、器用な手仕事がすべてだと思われがちだが、用途に適した道具を考案することのほうが大事だったりもする。いままで佐平次は、百以上の新しい道具を作ってきたのだ。

「どうだ、孝助?」

錻を回し始めた孝助に訊いた。

「ええ。このあたりは地面が柔らかいので、どんどん掘れますよ」

「もっとゆっくり進めるんだ。お前が井戸を掘るあいだ、おいらはしなくちゃならないことがいっぱいあるんだ」

「わかりました」

回すのは孝助にまかせ、雨宮のところに行こうとして、

――ん?

二階の窓から藩主がこっちを見ているのに気づいた。

——くそぉ、見張ってやがる。

これではいろいろ動くことができない。

しばらくして、

雨宮が訊きに来た。いっしょに動きたいのだ。

「どうだ、穴屋？」

「駄目です、雨宮さま」

「なにが？」

「ああやって、殿に見張られていては」

さりげなく二階に目を向けた。

「ほんとだ」

「あれじゃあ、ここを抜けるわけにはいきませんよ」

「どうする？」

「とりあえず雨宮さまのほうで、先祖が真田十勇士につながって、名前に六までの数が入り、子どものとき、ヘソに一文銭を当てていたという藩士を探しておいてもらえますか？」

「わかった」

雨宮はいなくなった。

藩主はまだ、こっちを見ている。

いったいどれだけ暇《ひま》なのだろう。

三

佐平次はうんざりした気分で家に帰って来た。こういうときは、お巳よとうまいものでも食いに行って、憂《う》さを晴らしたい。

佐平次の顔を見ると、先に帰っていたお巳よが、

「お帰り。いまさっき、長崎から飛脚がお前さんに文《ふみ》を届けに来たんだけど」

と、言った。

「長崎から？　どれ？」

「お前さんが出かけているなら渡せないって、引き返して行ったよ」

「長崎へ？」

「長崎には引き返さないよ。どこか宿屋にでも泊まって、また来るんじゃないのかい？」

「女房だって言わなかったのか？」

「もちろん言ったよ。でも、当人じゃないと駄目なんだとさ」

「ふうん」

長崎の知り合いと言ったら、シーボルトくらいのものである。

シーボルトがなんの用だろう？

「おい、穴屋」

外で北斎の声がした。

「なんです？」

「向こうの長慶寺《ちょうけいじ》の門前に、変わった魚料理を食わせる店ができたんだ。いっしょに食いに行かねえか」

「いいんですか？」

「ああ。この前、うなぎをごちになったし、今日は屏風絵《びょうぶえ》の代金も入ったのでな」

北斎の後ろで、

「お巳よちゃんもいっしょに」

と、お栄が言った。

「喜んで」

お巳よが返事をしたので、佐平次も外へ出た。

すっかり暮れた本所《ほんじょ》の町を、四人はゆっくりと歩いて行く。

竪川《たてかわ》に架《か》かる二ツ目橋を渡り、しばらく行くと、五間堀の弥勒寺《みろくじ》橋に差しかかった。

ここで北斎が足を止めた。

上を向いて、目を細めている。月はないが、夜空はきれいに晴れ渡り、満天に星が散らばっている。

「どうしたんです？」

「新しい星を見つけた」

「え？」

「いままで気づかなかったが、ほら、おれの指差すあたりに、よく光る星があるだろう」

「ええ、ありますね」

「その左わきにある小さな星はいままで気づかなかった」

「新しくできたんですか？」

「そんなにすぐできるか。いままで、おれが気づかなかっただけだ」

「あっしは、どうも、星ってのは夜空に開いた穴に思ってしまうんですが、違うんでしょ？」

と、佐平次は訊いた。

「違う。星ってのは、お天道《てんとう》さまだ」

「お天道さまがあんなにあるわけねえでしょう」

「あるんだからしょうがない。おめえ、星は幾《いく》つあると思う？」

「そうですねえ、こう見ると、ざっと二千はありますね」

「いや、天文方の役人が数えたが、およそ五千と言っていた」

北斎がそう言うと、

「五千！」

お巳よが魂消《たまげ》て声を上げた。

「だが、おれが数える分には二万がとこはある。あいつらは見えてねえんだ」

「二万……」

佐平次が唖然《あぜん》とすると、

「おとっつぁんには見えてるんだよ。この爺《じい》さんの目はちっとおかしいんだ」

と、お栄が笑いながら言った。

「それでも、おれはなぁーんにも見えてねえ。この宇宙の摂理《せつり》も、人の運命も。情けねえもんだぜ」

北斎は悲しそうに言った。

「北斎さん、シーボルトはご存じですよね？」

と、佐平次は訊いた。

「ああ、以前、絵も頼まれたしな」

「あの人なら、だいぶわかるのでしょうか？」

なにせシーボルトには、われわれにはない発明品がある。望遠鏡や顕微鏡《けんびきょう》もある。それを宇宙に向ければ、われわれの見えないものも見えるかもしれない。

「宇宙の摂理や人の運命がか？」

「ええ」

「わかるわけねえ。だが、あと千年経《た》てばわかるかもしれねえ。ああ、あと千年、生きてえもんだ」

北斎はため息をつくように言った。

変わった魚料理というのは、切り身や小魚を丸ごと、野菜や唐辛子といっしょに酢《す》漬《づ》けにしたものだった。

「どうだ、うめえだろう」

北斎は、小魚を頭からむしゃむしゃ食べながら言った。この料理法だと、骨まで柔らかくなるので、丸ごと食えるのだ。

「たしかにうまいですねえ」

佐平次もお巳よも、うまくていくらでも食べられる。

「どうだ、仕事の調子は？」

と、北斎が訊いた。

「ええ。ちっと行き詰《づま》っちゃいましてね」

と、佐平次は藩主に見張られていることを告げた。

「なるほど。だったら、身代わりでも立てるか」

北斎は言った。

「身代わり？　そうか、お面屋に頼むか」

飯を食べ終えて長屋にもどると、さっそくお面屋を訪《たず》ねた。

「よう、穴屋じゃねえか」

「お面屋さん、忙しいですか？」

「いまはそうでもねえ。どうかしたのかい？」

佐平次が身代わりの件を頼むと、

「ああ、いいよ。おれがあんたの面をかぶって、適当に孝助の手伝いをしてればいいわけだな」

と、かんたんに引き受けてくれた。

翌日——。
佐平次そっくりのお面をかぶったお面屋と、適当なお面をかぶった佐平次と、なにもかぶらない孝助とで、松代藩の上屋敷に入った。

佐平次のお面は、しょっちゅう見ている顔だから、すぐにできた。

「おいらもお面を使ったほうがいいな」

と、佐平次はすでにつくってあった見本から、いかにも善良そうな、仔《こ》うさぎのようにおどおどした表情の男の面を選んでいた。

ぞろぞろと、北側の堀よりの井戸のところに来て、打ち合わせどおりに仕事を開始した。

「ほら、二階の窓から藩主が見てるだろう？」

佐平次はさりげなく二階を見るよう促《うなが》した。

「なんてこった」

お面屋はひどく驚いたようである。

「どうしたんだい？」

「おれは松代に行ったことがあると言ったよな」

「そう言ってたね」

「そのときの用事は、あのお面を彫《ほ》るためだった」

「お面？　あの藩主の顔はお面？」

「ああ。もちろん、おれはその人が松代藩の藩主だとは思わなかったぜ。だが、お城のなかに入れられて、秘密裡《り》に仕事をした。とくに額から目の周辺にかけての火傷《やけど》がひどかったので、それを隠すためのお面だったよ。火傷跡は、白粉《おしろい》を厚く塗《ぬ》れば隠すこともできたはずが、毎日やるのは面倒だったのだろうな」

「じゃあ、あれもお面か」

「間違いねえ。おれがつくったんだから、どんなに精巧でも、おれは見破ることができるさ」

お面屋は自信たっぷりに言った。

四

お面の殿が、お面の佐平次を見張っているあいだ、佐平次は雨宮の執務する部屋を訪ねた。

「誰だ、そなたは？」

「へえ。こういう者で」

と、お面を外した。

「お、穴屋ではないか。よくできたお面じゃのう」

「ええ。じつは……」

と、藩主のお面のことも話した。

「殿の顔がお面？　そうだったのか。どうも、やけに化粧が濃かったり、表情がなかったりするとは思っていたのだがな」

「だから、いま、二階で見張っているのは、小姓がお面をつけているだけでしょうな」

「なるほど」

「それで、どうです、例の藩士は？」

と、佐平次は訊いた。

「うむ、二人はわかった」

と、雨宮は二人の名を紙に書いた。

三好三囲。

筧三左。

「それぞれ、みよしにい、と、かけいさんあつ、と読むのだ。しかし、改めて見ても、妙な名前じゃのう」

と、雨宮は呆《あき》れたように言った。

「初代のお殿さまも秘密を隠すのに苦心なさったのでしょうね」

「六文銭と符合《ふごう》するなら、あと一人かな」

「ええ、思い当たる人は？」

「昨夜つくった江戸表《えどおもて》にいる藩士の名簿を見ておるが……」

どうもそれらしいのはいないらしい。

佐平次もそれを見せてもらい、

「雨宮さまの名はありませんが？」

と、訊いた。

「わしはそんな覚えはないさ」

「お名前も帯刀《たてわき》さまですしね」

「家を継ぐまでは、又四郎だったがな」

「四がつくならぴったりではないですか」

「いや、違う」

「ご先祖は真田十勇士の一人だったとか？」

「入ってない。あ……」

と、雨宮は手を叩いた。

「どうなさいました？」

「一人、肝心《かんじん》なのを忘れていた。変なやつでな、とにかく木登りが好きな男なのさ。藩邸の木にしょっちゅう登っているものだから、周囲の屋敷から覗《のぞ》かれていると騒ぎになってしまい、国許《くにもと》に帰したのだった。あいつなら、子どものときにヘソに一文銭を当てていても不思議はない」

「なんとおっしゃるので？」

「猿飛之四郎《さるとびこれしろう》」

「まさに、その方ですよ」

佐平次は六人の名を並べてみた。

海野一害
三好二囲
筧三圧
猿飛之四郎
穴山廻五
根津辨六

じいっと眺める。

「なにかわかるか?」

「いや、まだですが」

「こいつらを集めて訊くか?」

「いや。この人たちはなにもわからないと思いますよ。ただ、名前に秘密があるのでしょうね」

一枚ずつ名札にし、いろいろ動かしたりしてみる。

やはり、六文銭のかたちに数字の順に並べるべきだろう。すると――、

害　囲　圧

之　廻　辨

この六文字がカギになるはずである。

「これは漢詩かな？」

と、雨宮は訊いた。

「いやあ」

とてもそうは思えない。

佐平次と雨宮は首をひねりつづけた。

五

翌日も、佐平次とお面屋と孝助の三人で松代藩邸に入った。

　すると、雨宮がやって来て、

「じつは、さっき大目付の早坂さまが訪ねて来られた」

　と、告げた。

「大目付が」

　見ると、大目付と藩主が、またもや二階の部屋からこっちを見ているではないか。

「なんか、嫌な感じで話しておられるな」

　と、雨宮は言った。

「ええ。なんとかあの方たちの話を盗み聞きしたいのですが」

「どうするんだ?」

「隣の部屋か、もしくは真下の部屋に入れていただけたら」

「あの部屋の真下は、お、わしの仕事部屋だな」

「それはぜひ」

　雨宮の執務用の部屋に入り、天井に穴を開け、かつてシーボルトを驚かせた例の聴診器を使った。

　すると、こんな会話が聞こえてきたではないか。

「あの穴屋が？」

と、藩主の驚いた声。

「さよう。じつは、以前、大目付からお庭番に研修に出ていた者がいてな、その者によるとかつてお庭番には穴を開ける名人がいたとのことだった」

と、早坂の声。

「穴を開ける名人？　では、あやつが？」

「それはわからぬ。なにせ、その者は佐渡《さど》の金山で崩落事故に巻き込まれて死んだことになっているらしい」

「ほう」

「おっつけその者もここへ参る。あやつかどうか確かめさせよう」

と、早坂。余計なことは止《や》めてもらいたい。

「それは、ぜひ」

「だが、お庭番筋が動いているとしたら、やはり隠し金狙いだろうな」

「まずいですな」

「まったくだ」

「金を見つけたら、このわしを五十万石あたりの大名地に入封《にゅうほう》させ、邪魔な家臣どもが消えたあいだに早坂どのが財宝を探し出して頂戴《ちょうだい》するという筋書きも」

「水の泡だな」

まったく、ろくでもないことを考えたものである。

佐平次は、いま、聞いた話をそのまま雨宮に伝えた。

「なんということ……」

雨宮は愕然《がくぜん》とし、

「だが、これで六文銭の穴の秘密が解けなくなった理由もわかった」

と言った。

「なぜなのです？」

「その秘密を知っていたご家老は、幸貫さまが養子に来られたころに急死なさっている」

佐平次は訊いた。

「暗殺ですか？」

「だろうな」

「だが、なぜ？」

と、佐平次は訊いた。

「いったんは、誰にもわからなくしてしまえと、判断したのだろうな」

「なるほど」

「ところが、あいつらにも解けなくなったというわけさ」

「では、なんとしてもこの謎を」

佐平次は考え込んだ。

閃《ひらめ》きは、昼飯の弁当を食っているときに訪《おとず》れた。

弁当はお巳よが三人分つくってくれたものである。

竹かごに梅干し入りの握り飯が三つと、ちくわが一本、アナゴとレンコンの煮物、それにわざわざ穴を開けたたくあんが入っている。

穴づくしの弁当である。

これが幸いしたのだろう。

「わかった」

と佐平次は言い、飯もそこそこに雨宮のところに行った。

「わかりましたよ」

「そうか」

「これは、六文銭の謎ではないんです」

「どういうことだ？」

「六文銭の穴の謎なんですよ」

「え？」

雨宮はぴんと来ないらしい。

佐平次は、六つの漢字の上に、一文銭を一つずつ置いていった。

すると、それぞれの漢字の中心だけが見え、それが文字になっていたのである。

「あ」

と、雨宮は一文字ずつ読んだ。

「古　井　土　ノ　回　リ」

「はい」

「古井戸の回りということか？」

「そういうことですかね」

ちょうどいま、掘っているところではないか。

「急いでくれ、穴屋」

雨宮は急《せ》かした。

「はあ」

だが、佐平次はなにか引っかかっている。

六

雨宮も出て来て、井戸掘りの手伝いまで始めた。

こうなると、もともと土は柔らかいので、穴はどんどん深くなる。

五間ほど掘り、崩落防止に大きな桶の底を抜いたものを埋めていく。

佐平次も底に降り、掘った土を籠《かご》に入れて上に引っ張ってもらう。

下に水が湧《わ》き出てきたころ——。

「あいつだ、あいつ」

と、上から声がした。

上を見ると、なんとなく見覚えのあるやつが、こっちを覗いている。

「ずいぶん痩《や》せているが、面影はあります。倉地朔之進です」

佐平次の昔の名を言った。

「よし、そこまでだ、穴屋」

今度は藩主が上から覗いて言った。

「そこまでとおっしゃいますと?」

「もう、いいから上がって来い」

佐平次は仕方なく縄梯子《なわばしご》をつたって、のそのそとやけにゆっくり、上に出て来た。

お面屋と孝助は、すでに後ろ手に縛られ、わきのほうに転がされていた。

「そなたの正体はばれた」

と、藩主は嬉《うれ》しそうに言った。

そのわきには大目付の早坂と、もう一人、男がいた。さっき、佐平次の本名を呼んだ男である。

「………」

ちらりと雨宮を見ると、無念そうに天を仰《あお》いでいる。

「ここでなにをしていた？」

「いや、べつに」

「べつにということはあるまい。隠し金を見つけようとしていたのだろうが」

「さあ」

佐平次は惚《とぼ》けた。

「では、これはなんだ？」

藩主は紙切れを見せた。

さっき、雨宮が書き写したものである。

「古井戸の回りとはなんだ？　ここに金が眠っているのだろう？」

「…………」

佐平次が黙っていると、

「真田どの、白状なんかさせなくてもよい。井戸の底を見て来よう。おい、行くぞ」

早坂が、もう一人の男とともに井戸の底へ降りて行く。

「危ないですよ」

と、佐平次は言った。

「きさま、いままでいただろうが」

早坂は笑って言った。

止めれば止めるほど、こういうやつは入りたくなるのだ。

底のない桶のようなものを埋め込んでいる。これは箍《たが》で縛るようにしてあるが、この箍さえ切ってしまえば、板はたちまちばらばらになる。

さっき、上にあがってくるとき、佐平次はすばやく箍に切れ目を入れ、紐《ひも》を結んで上まで持って来ていた。

二人は底まで降りた。

「横壁を掘ってみろ。金塊が出て来るはずだ」

早坂がそう言ったとき、佐平次は紐を強く引いた。

桶の箍が切れ、板が土の圧力ではじけた。

「うわあ」

あとは、雪崩《なだれ》のようなものである。周囲の土が次々に崩れ落ちていく。あっという間に、掘り進んでいた井戸は膨大な土壌《どじょう》で塞《ふさ》がれてしまった。

大目付とその家来は生き埋めである。

「お、大目付どの」

藩主は慌てて土を掻《か》こうとするが、

「無駄です。もう、地面のなかでぺっちゃんこになっています」

と、佐平次は言った。

「なんということだ」

愕然とする藩主に、

「殿の責任ですぞ。大目付さまを死なせたのは」

と、雨宮は言った。

「ううっ」

「ありもせぬ秘宝などという妄想に囚《とら》われて」

「妄想なのか」

「幕府の追及があったらどうします？　大目付さまを死なせた責任を問われますぞ」

雨宮はさらに厳しく言った。

「どうしたらいい、わしは？」

藩主は情けない声で訊いた。

「下屋敷のほうにしばらく隠れていてください。なんとかごまかします」

「わかった」

藩主はとぼとぼと小姓たちのほうへ向かった。

「大目付たちの死はばれませんか？」

佐平次は雨宮に訊いた。

「殿がそんなことを他言するわけがない。自分の失態で、大目付らを死なせたのだから」

「ええ」

「むろん、わしらも言うわけがない」

「ということは……」

大目付は謎の行方不明。

七

「井戸の回りではないのですよ」

と、佐平次は言った。

「どういうことだ？」

「読み方が違うのです。古い土の回り、と読むのですよ」

「古い土の回り？」

「はい。この屋敷は、もともとは埋め立て地に建っていますが、ぜんぶ海だったわけではない。古い土の部分もあるんです。その古い土の回りに、金を埋めたのです」

佐平次がそう言うと、

「そんな……」

孝助が不思議そうに首をかしげた。さっきは縛られていた孝助だが、すでに縄はほどいてある。お面屋には先に帰ってもらった。

「なんだ、孝助？」

「だって、この屋敷はすでに探ってあるはずです。土のなかに細い針金を刺し、感触を確かめましたよ」

「違わなかったのか？」

「はい。なんの手触りも感じなかったです。ほかの地面とまったく変わりはなかったです」

と、孝助は自信ありげに言った。

「そうだな」

と、佐平次はうなずいた。

「やはり、以前は井戸の回りにあったのを、すでにどこかへ移してしまったのではないでしょうか？」

孝助はなかなか賢《かしこ》い。

「ところが、そうじゃない」

と、佐平次は言った。

「どうしてです？」

「手触りでわかるわけがない」

「え？」

「金というと、小判と思っている。だが、真田家は上田にいるときから金を貯《た》め込んだ。だから、砂金なんだ」

「砂金！」

「袋に入れた砂金だったら、埋め立てた砂と手触りは変わらないぞ」

「そうですね」

と、孝助は大きくうなずいた。

「古い土というのはわかるか？」

と、雨宮が訊いた。

「わかります。埋め立てに使ったのは、神田山《かんだやま》を削《けず》った土です。元々あったのは、砂混じりの海辺の土です」

古い土というのは、北側のせいぜい二十坪分ほどの土地だった。

ここらは建物はなく、不自然に空《あ》いている。

「この周囲に財宝を埋め、それからふつうの土を入れたのでしょう」

佐平次は、細い針金の先に、小さな袋状にしたものを取り付け、それを深く差し込んでいく。

一度、ねじるようにしてから、ゆっくり引き上げる。これで下のほうの土を掬《すく》い上げることができるのだ。土の質を確かめるときに使う、これも佐平次が考案した道具である。

「やはり」

掬った土は、きらきら輝いていた。

「砂金だ」

雨宮が興奮した声で言った。

「この下に莫大《ばくだい》な金が埋まっているのですよ」

「ああ」

「掘り出しますか？」

と、佐平次は訊いた。

「いや、あることがわかっただけでいい。いま、掘り出しても使い道はない」

「では、あっしの仕事はここまでです。もちろん、いっさい他言しませんし、忘れます」

と、佐平次は言った。

「うむ。わしも、そなたが元お庭番だったことは忘れた」

と、雨宮は言い、佐平次が持っていた鉄棒と自分の刀をつけ、かちんと音を立てた。

金打《きんちょう》。

男と男の約束の印だった。

八

長屋にもどると、ちょうど飛脚が来ていた。

「佐平次さんですか？」

「ああ、そうだよ」

「本人か、どうか、確かめさせてください」

飛脚はそう言って、買って来たらしい豆腐を見せた。

「これに一寸ほどの横穴を開けて、もらえませんか？」

「豆腐に？」

「できっこないですよね。崩れちまいますから。でも、穴屋の佐平次さんならできるって」

飛脚は疑うような口ぶりで言った。

「ああ、いいよ」

佐平次は、その豆腐を持ち、家に入ったと思うとすぐにもどって来て、

「開けたよ」

と、差し出した。

なんと、柔らかい豆腐の横に、ちゃんと向こうが見えるような穴が開いているではないか。佐平次だから開けられる豆腐の穴。

「どうやって……?」

飛脚は啞然としながら、文を手渡して寄越した。

やはり、シーボルトからの文だった。

それには驚くべきことが書いてあった。

「佐平次さんと、ぜひ、いっしょに仕事がしたい。

いまは、この三つが気にかかっている。
江戸城から方々に延びている穴の謎。
松代藩の六文銭の穴の謎。
伊能忠敬《いのうただたか》の日本全図の虫食い穴の謎。
このうちの、どれか一つの謎は帰国するまでにぜひ、解き明かしたい。
どれか興味があれば、あらかじめ探りを入れてくれてかまわない。
近々、お会いしましょう」

——なんてこった。
佐平次は内心、舌を巻いた。
真田家の隠し金の存在をシーボルトは知っていたのだ。
江戸城の最高機密と言っていい抜け穴のことも。
さらには、あの伊能忠敬の日本全図のことまで。
やっぱり、シーボルトとは一勝負しなければならないらしかった。

初出「読楽」

第一話　極めて由々しき傘の穴　二〇一七年一月号
第二話　ヘビの穴、顔の穴　二〇一七年三月号
第三話　落とし穴、のようなもの　二〇一七年五月号
第四話　アリさんからの依頼　二〇一七年七月号
第五話　水芸は恨み溢れて　二〇一七年九月号
第六話　ヘソの穴は宝物殿　二〇一七年十月号
第七話　六文銭の謎じゃない　二〇一七年十一月号

徳間文庫

穴屋でございます

六《ろく》文《もん》銭《せん》の穴《あな》の穴《あな》

2018年3月15日 初刷

著者 風《かぜ》野《の》真《ま》知《ち》雄《お》

発行者 平野健一

発行所 東京都品川区上大崎三―一―一 目黒セントラルスクエア 〒141―8202
株式会社徳間書店

電話 編集〇三(五四〇三)四三四九
販売〇四八(四五一)五九六〇

振替 〇〇一四〇―〇―四四三九二

印刷 凸版印刷株式会社

製本 ナショナル製本協同組合

ISBN978-4-19-894316-5 (乱丁、落丁本はお取りかえいたします)